U0097395

古典詩歌研究彙刊

第二輯

龔鵬程 主編

第 12 冊

東坡詞的風格與技巧研究

劉曼麗 著

國家圖書館出版品預行編目資料

東坡詞的風格與技巧研究／劉曼麗 著－初版－台北縣永和市：花木蘭文化出版社，2007〔民 96〕

目 4+142 面：17×24 公分（古典詩歌研究彙刊 第二輯：第 12 冊）

ISBN-13：978-986-6831-24-9（全套：精裝）
ISBN-13：978-986-6831-36-2（精裝）
1.（宋）蘇軾　2. 宋詞　3. 詞論

852.4516　　　　　　　　　　　　　　　　96016213

ISBN - 978-986-6831-36-2

9 789866 831362

古典詩歌研究彙刊
第二輯　第十二冊　　　　　　ISBN：978-986-6831-36-2

東坡詞的風格與技巧研究

作　　者　劉曼麗
主　　編　龔鵬程
出　　版　花木蘭文化出版社
發 行 所　花木蘭文化出版社
發 行 人　高小娟
聯絡地址　台北縣永和市中正路五九五號七樓之三
　　　　　電話：02-2923-1455／傳真：02-2923-1452
電子信箱　sut81518@ms59.hinet.net
初　　版　2007 年 9 月
定　　價　第二輯 20 冊（精裝）新台幣 28,000 元

東坡詞的風格與技巧研究

劉曼麗 著

作者簡介

劉曼麗

私立東海大學中國文學研究所碩士畢

國立屏東科技大學通識教育中心專任講師

專　　長：唐宋詩詞、古典小說

開授課程：唐宋詩詞選讀、短篇小說選讀、國文（閱讀與寫作）、左傳選讀

　　　　　Applied Mandarin, Advanced Chinese

提　　要

　　蘇軾被喻為「豪放詞祖」，其詞開北宋詞風氣之先，一改宋詞婉約淫靡之失，將宋詞提昇至另一更高之境界，並擴大延長宋詞之發展與壽命。本作即欲就《東坡詞》深入分析，研究其詞之風格與技巧。

　　蘇軾有此文學成就自非偶然，因此本作首先探討蘇軾個人之文學理論，雖然蘇軾並無任何一本關於文學理論之專著，然其理論散見於散文、詩歌、題跋諸作中，大多為短小之評語，大致可歸納為兩大要點：一、文與道俱與辭達。二、傳神。前者之內涵為有為而作、有感而發、文如其人、技道並進等，可謂其創作之主導思想；後者之內涵包括積學、人生閱歷、自出新意、空諸所有，以納萬物、隨物賦形，胸有成竹、風格多樣化等，則可視為其創作的一個歷程。

　　蘇詞擴大了詞境與內容，達到「無意不可入，無事不可言」之境。就其現存約三百五十闋左右之作品加以分類，可分為抒情詠懷、風景描繪、說理議論、記事敘述、詠物之作、遊戲之作等六大類。包羅甚廣，舉凡倫常親情、說理談禪、道家仙思、報國志願、山川壯美、懷古念舊、歸隱之思、躬耕之望、政治期盼、民生關懷、感時傷還、閨閣思情、櫽括前人作品、唱和酬贈、悼亡、題辭、節序等等內容，皆出現於其詞中，不但突破詞原本在內容上的狹隘，更擴大詞境，提高詞格，表現了「有思接千載的情思，有視通萬的視野」。（唐玲玲〈淡妝濃抹總相宜——論蘇軾風格的多樣化〉語）

　　明張綖將詞分為婉約、豪放二端。婉約指詞情蘊藉，豪放則為氣象恢宏。不過自詞發展以來，向將婉約視為本色，而稱豪放別調，褒婉貶豪之意甚明。但蘇軾自覺性的有意在詞壇上另闢蹊徑，刻意提倡並創作豪放詞作，此一作為，恰恰是對其個人文學理論之徹底實踐。然而蘇軾亦非獨好豪放，而是以「深情」為其創作之中心點，不論是豪放或婉約，均以情出發，而後以雄健筆力，壯闊氣勢，描繪美麗山河，並鋪敘開展所欲抒發與所欲敘述之情與事。故究其詞之內涵，往往為抒情，然而呈現在外的卻是豪邁雄壯之樂章。豪放、婉約兩種風格常於同一作品中相互滲透出現，基於此，大致可將其風格分為屬於豪放之風豪邁渾、超曠豁達、虛無浪漫、平淡自然等四大類；以及屬於婉約風格之情致纏綿、婉麗典雅、

清麗韶秀、幽冷孤寂等四大類。

　　至於蘇軾創作之技巧亦是配合其文學理論，而表現了極大的創新與改革，使文人詞呈現了成熟的風貌。本作乃由<u>語言精煉</u>、<u>妙用典故</u>、<u>比喻傳神</u>、<u>借古方今</u>、<u>誇張</u>、<u>白描</u>、<u>以口語入詞</u>、<u>以詩為詞</u>、<u>賓主相合</u>、<u>虛實相應</u>、<u>抒情</u>、<u>說理</u>、<u>詠物</u>、<u>寫景融合於一</u>、<u>融化前代經典或他人言語入詞</u>、<u>賦情於自然萬物</u>、<u>設想情境以反襯其情</u>等十四個方向探討蘇詞之創作技巧。

　　蘇軾在詞作上最大的成就與貢獻，可以「改革與創新」一語概括之。在擴大詞的內容，提高詞格，創作技巧的創新，開朗而正確的人生觀等表現上，均開當代所未有。同時，對南宋辛棄疾等愛國詞人與金源詞人均產生重要影響，甚至清代仍有陽羨、常州二派詞人投入詞之創作。雖然《東坡詞》之內涵與精神，清人能發揮者為數不多，此乃因時代背景與文體流變之故，然當日若無蘇軾使詞走向文人詞，恐怕不待宋亡，詞就衰落了。故不論在詞壇上，或在文學史上，大力從事文人詞創作的蘇軾，均具有不可磨滅之地位。

目

錄

第一章　蘇軾生平略述

　　蘇軾，字子瞻，一字仲和，眉川眉山人（今四川省眉山縣），生於宋仁宗景祐三年（1036）十二月十九日。慶曆二年（1043）七歲時已知讀書，曾聞眉山老尼誦花蕊夫人之避暑摩訶池詞，及四十年後，足爲〈洞仙歌〉「冰肌玉骨」一詞（見〈洞仙歌〉詞小序）。八歲入小學，以道士張易簡爲師，道家思想或啓蒙於此時。十歲時，其父蘇洵遊學四方，由其母程夫人親授經史，程夫人本人頗能詩文，且齊家睦族，對蘇軾之才情、器識、學問均有極大的助益！軾從其母求學，曾讀至《漢書・范滂傳》，甚景仰滂之氣節，奮厲有當世之志。至和元年（1055）年十九，娶眉州青神王方女，即王夫人。二十歲游學成都，太守張方平以國士待之，此時蘇軾已學通經史，屬文日數千言。嘉祐二年（1057）年二十二赴試禮部，與當時十九歲的弟弟蘇轍同中進士，列於優等。其時主試官爲文壇宗主歐陽修，正大力提倡古文運動，力圖拯救時文的流弊，得軾文〈刑賞忠厚之至論〉，至爲驚喜，甚表稱許，寫信給梅堯臣云：「讀軾文不覺汗出，快哉！老夫當避此人，放出一頭地。」還曾對其子表示，三十年後將無人再談論歐陽修，只會談論蘇軾，後其言果驗。軾與其弟轍均中進士，聲名大噪，其父蘇洵此時亦具文名，父子三人一時名動京師，號爲「三蘇」！是年四月，程夫人病逝，父子三人回蜀奔喪。嘉祐四年服除，其年二十四。父子

三人再聯袂入京，取道於楚，出三峽，過鄂北上京，途中見三峽風光，雜然有觸於中，故沿途吟詠，並集其父與弟轍之詩爲《南行集》。嘉祐五年授河南府福昌主簿，六年應中制科入第三等，授大理評事鳳翔府簽判，任官鳳翔共三年。英宗治平二年罷鳳翔任，回京，判登聞鼓院，召試秘閣，直史館。是年王夫人卒於京師，諡爲通義君。治平三年四月，其父洵逝，遂扶棺護喪回蜀，次年葬之於眉山。

神宗熙寧元年免喪，二年其年三十四回京，監官告院。四年兼判尚書郎，時王安石變法，欲變科舉，軾上書反對，獻三言〔註1〕，王安石甚爲不悅。此時軾受命攝開封府推官，又因策試進士而與主試官呂惠卿不合，軾遂自請外任，通判杭州，赴任過揚州時，與劉攽、孫洙、劉摯相會數月。十一月初到杭州任。五年年三十七歲，始有詞作，據朱疆村編年之《東坡樂府》，將〈浪淘沙〉「昨日出東城」、〈南歌子〉「海上乘槎侶」二詞編入熙寧五年，且云：

神宗熙寧五年壬子，先生年三十七，在杭州通判任。

蘇軾之壯志尚未伸展，卻因政治意見與人相衝突，自請外任，內心必有頗深的挫折感，而杭州之山水風光，秀麗宜人，徜徉其間，能使人暫忘煩愁，而詞之體製短小，最適暢敘幽情，因此借景以抒發心中抑鬱，雖然此時其詞作尚未成熟，但已開始了其在詞壇上的璀璨史頁。通判杭州三年，終日遊山玩水，與孫覺、張先、陳襄、詩僧惠勤諸人交好，詩酒往來不絕。亦於此時初見黃庭堅之詩，驚爲精金美玉。七年罷杭州任，自錢塘赴高密，途中與楊元素、陳令擧、張先、李公擇、劉孝叔俱至松江，張先作〈定風波〉，是爲「前六客詞」，是年並納妾朝雲。八年至密州任，作〈沁園春〉「孤館鐙青」詞寄蘇轍，已稍見豪放風格。九年中秋歡飲達旦，思及蘇轍，寫下千古絕唱的中秋詞——〈水調歌頭〉。十年改知徐州，與弟轍相會於澶濮之間，共赴彭城百餘日。是年十月因治徐州水患有功，朝廷降詔獎諭。神宗元豐元年，

〔註1〕《宋史》本傳云：時安石創行新法（神宗時），軾上書論其不便，曰「臣之所欲言者，三言而已。願陛下結人心、厚風俗、存紀綱，⋯⋯。」

—2—

年四十三，仍任徐州，以原徐州城之東門築為大樓，名曰「黃樓」，弟轍作〈黃樓賦〉，軾則為詞〈永遇樂〉云「異時對，黃樓夜景，為余浩歎！」足見其期許於身後萬世名聲的自負。

　　神宗元豐二年，年四十四，三月自徐州移知湖州，四月到任，七月，御史以其湖州到任之謝表為謗，中使皇甫遵到湖追攝，就逮赴獄，御史隨意指摘其詩文句，誣其「譏切時事，愚弄朝廷」，由李定、舒亶等定其罪，欲置其於死地，是為「烏台詩案」。各方極力申救，神宗亦憐其才，更因太皇太后升遐，才得赦免，於十二月責授黃州團練副使本州安置，不得簽書公事。(「烏台詩案」事詳見於第四章「東坡詞的風格」注釋6）軾於黃州共五年，躬耕於東坡，幅巾芒屩，築雪堂於其上，自比為陶淵明，號「東坡居士」。於黃五年，其人生觀有了很大的轉變，終日讀書攬勝，漸「英華內斂，其通古今而觀之曠達胸襟亦漸養成」〔註2〕，文學創作上也有更上層樓的表現，其詞尤然，東坡詞中傳唱千古的佳作，大多作於黃州之時，〈念奴嬌·赤壁懷古〉厥為其時之代表作。他詞亦雄渾高奇，託意深遠，且把豪放詞推至高峰，奠定其為豪放詞祖之地位。此外亦有許多與當地名人賢士相對唱和之詞作。七年四月，有量移汝州之命，於是沿長江而下，游廬山，與弟轍會於筠州，過金陵，訪王安石，此時王安石已罷相，二人相約日後終生卜鄰而居。其後因貲用罄結，故上表乞於常州居住，便前去南京聽候朝旨，八年正月，有放歸陽羨之命，遂居常州。五月復朝奉郎知登州，再過密州，過海州，至登州半月，除起居舍人。三月，神宗駕崩，哲宗即位，改元元祐，太皇高太后聽政，以司馬光為相。是時軾年五十一，以七品服入侍延和，尋除中書舍人，九月復遷翰林知制誥。二年為翰林學士，復除侍讀，此時元祐黨爭起，視軾為川黨領袖，而司馬光為舊黨領袖，欲盡王安石新法，蘇軾則以為有些可存，因此有些政治意見又與司馬光不合，司馬光故以為蘇軾有意刁難主事

〔註2〕引自葉慶炳《中國文學史》第二十二講〈北宋詞〉。

者，以前對象為王安石，如今則為司馬光。而軾則以司馬光之冥頑不通情理，而憤呼其為「司馬牛」。司馬光怒其不合，有逐之意，但不久司馬光即病卒。時臺諫官，多為光之人，惡軾直言，求軾以瑕疵，欲因緣熙寧謗訕之說以誣陷之，而蘇軾又因論事直切，為當軸者恨，多次誣謗之，幸賴高太后之信任，不以為罪，但軾恐不見容於朝中人士，故自請外調。四年，除龍圖閣學士，為杭州太守，軾二次來杭，視杭為其第二故鄉。於杭政績卓著，因杭大旱，軾平衡米價，請朝供米；又大興水利，同時取西湖中積葑田為長堤，號「蘇公堤」，又使人種菱湖中，葑不再生，採菱之利則備為修湖之用。六年被召，被旨赴闕，除翰林承旨，復侍邇英殿。七年改知揚州，又以兵部尚書召，復兼侍讀，尋遷禮部尚書，繼遷為端明侍讀二學士。八年，繼室王氏卒於京師。八月，以二學士出知定州，九月到任。

元祐九年（1094）改元紹聖，軾年五十九，知定州，時章惇為相，為新黨領袖，御史諸人以軾掌外制時，所作詞令為「譏斥先朝」，又云元祐舊臣均為「變亂成法」，軾遂謫知英州；未到任，復貶寧遠軍節度使，惠州安置，時軾五十九高齡，至此蠻荒瘴癘之地，其不適自可想見，然軾自貶黃州之後，早已修得圓融通透的人生觀，能在苦樂之外，尋求有價值的人生，故不以為意。是以其云「嶺南萬戶皆春色，會有幽人客寓公」〔註3〕。此時只有幼子過與侍妾朝雲隨行，過大庾嶺，經韶州、英州、廣州而至惠州，寓居於嘉祐寺，立「思無邪齋」。二年遷至合江樓；三年七月，朝雲卒於惠州，軾已老年，生活益顯淒清。四年，軾年六十二，惠州新居白鶴峰初落成，五月，章惇因蘇軾云「報道先生春睡足，道人輕打五更鐘」，故藉口蘇軾之生活安穩和樂，不足以懲其訕謗朝政之罪，故再責授瓊州別駕昌化軍〔註4〕，其

〔註3〕語出蘇軾〈十月二日初到惠州詩〉，見學海本《蘇軾詩集》卷三十八。
〔註4〕《蘇軾詩集》卷四十〈縱筆〉詩云：白頭蕭散滿霜風，小閣藤床寄病容。報道先生春睡足，道人輕打五更鐘。曾季貍《艇齋詩話》云：東坡海外《上梁文口號》曰「為報先生春睡美」，章子厚見之，遂再貶儋耳，以為安穩，故再遷耳。

弟轍則責居雷州。瓊州一名儋耳，較惠州更形落後，而軾與轍所貶之地名，俱爲其字（瞻與由）之半邊，足見章惇爲除異己，手段歹毒。此時只有幼子過隨侍其側，章惇不許其居官舍，儋耳人助其於五年月築「桄榔菴」，是年六月，改元元符。蘇軾至海南，自忖其恐將死在此蠻荒之地，反倒安心著書、和詩，「東坡海外文章」因此而大爲發展，文學創作又較黃州時有另一番進境。元符三年正月哲宗崩，徽宗即位，是年蘇軾先後完成《易傳》、《書傳》、《論語說》等書、後有詔徙廉州，六月過瓊州，遂渡海至瓊州，又自瓊州移舒州節度副使，永州居住，行至英州，復朝奉郎提舉成都府玉局觀，任便居住。徽宗建中靖國元年（1101），軾年六十六，度嶺北歸，五月行至眞州，瘴毒大作，軾暴得病，故止於常州，六月上表請老，以本官致仕，七月丁亥卒於常州。崇寧元年，葬於汝州郟城縣鈞臺鄉上之瑞里嵩陽峨嵋山。至南宋孝宗乾道六年，追謚「文忠」。蘇轍〈東坡先生墓誌銘〉云：

> 七月被病卒於毗陵，吳越之民，相與哭於市，其君子相與弔於家，訃聞於四方，無賢愚皆咨嗟出涕，太學士之數百人，相率飯僧惠林佛舍。

王宗稷《東坡先生年譜》則云：

> 嗚呼，先生文章爲百世之師，而忠義尤爲天下大閑，加之好賢樂善，常若不及，是宜訃聞之日士民惜哲人之萎，朝野嗟一鑑之逝，皆出於自然之誠，不可以強而致之也。

轍與宗稷盛讚蘇軾之道德品行，軾實亦當之。縱觀其一生，直如海潮，起伏不定，然不論身處何境，富貴榮華或貧困窘迫，均不能移其志。其處世爲人均以所想之直道而行，故其反王安石之新政，復亦反司馬光之廢新政，乃因時間不同，年齡增長，對事情有不同且成熟的看法，決非蓄意刁難主事者，然一般人總易攬權自尊，平白浪費了蘇軾的政治長才，因而使得其一生憂患交加。但其豁達的人生觀，使其得以平淡視之，且其一生中，甚至以其最爲窮迫之時，反爲其人生之輝煌期，

其詩云「問汝平生功業？黃州、惠州、儋州」﹝註5﹞。事實亦然，其文學創作以貶此三處時，最爲膾炙人口。

據〈墓誌銘〉所載，蘇軾一生著作有《東坡集》四十卷，《後集》二十卷，《奏議》十五卷，《內制》十卷，《外制》三卷，《和陶詩》四卷，今均可見於《蘇東坡全集》。此外尚有《東坡樂府》三卷，《東坡志林》、《仇池筆記》等，著作極繁！《宋史》本傳云其：

> 器識之閎偉，議論之卓犖，文章之雄儁，政事之精明，四者皆以特立之志爲之主，而以邁往之氣輔之，故意之所向，言足以達其有猷，行足以遂其有爲，至於禍患之來，節義足以固其有守，皆志與氣所爲。

軾爲一重視節氣與信義之人，行事始終表裏如一，不爲外物所誘，故心地光明磊落，情性寬容隨和，且忠君愛國，節操極高，如此器識，歷仁宗、神宗二朝，而二帝均甚愛其才﹝註6﹞，但竟未獲重用！且其曾得歐陽修之拔擢，成名極早，卻始終仕途不順，此除了因其才大名盛，遭人嫉妒排擠之外，其本人不愼擇友，且喜開人玩笑，得罪人而不自知，不免得人積怨，伺機報復。故其一生多難，性格太過豪放不羈，也是原因之一。此外其爲人剛直清正，不願迎合當道，假若其曲意於王安石，或司馬光，或早已平步青雲，然其不恥爲，純以直道而行，故多困頓。但蘇軾從未因爲如此而改變其性情，隨意迎合，一本其原本之隨遇而安、明達不憂、固窮不移之志，更是其爲人之可貴處。《宋史》又云：

> 或謂軾稍自韜戢，雖不獲柄用，亦當免禍。雖然，假令軾以是而易其所爲，尚得爲軾哉？

《宋史》之說，誠可謂眞識蘇軾者之言也。

﹝註5﹞語見《蘇軾詩集》卷四十八〈自題金山畫像〉。
﹝註6﹞《宋史》本傳云：「仁宗初讀軾、轍制策，退而喜曰『朕今日爲子孫得兩宰相矣！』神宗尤愛其文，宮中讀之，膳進忘食，稱爲天下奇才。二君皆有以知軾，而軾辛不得大用。」

第二章　蘇軾之文學理論

　　有宋一代，蘇軾實可推爲第一天才！其文學作品光耀古今，不論是詩、文、詞、賦、書、畫等作，俱爲一時之傑，少有出其右者。然究其文學成就，果眞僅憑天才而得之？此自不然！考其生平，可知其自幼承其父母之教誨，儒家思想根深蒂固，故其年輕之時即懷有壯志，意欲經世濟民；而其人又胸懷大度，天資聰敏，對於經、史、子、集諸類典籍，無不涉獵，且加以精研、吸收，轉化成爲其胸中之浩翰書海，供其驅使、取材！因此其文學之功，是天才配以淵博之學識，自然的表達而成。

　　蘇軾諸作中所呈現的並不止於儒家思想一端。因其所接觸的典籍甚廣，且均經其潛心鑽研。其思想基礎尚有佛家、道家二者，三家思想本質互有異同之處，蘇軾將其充分理解之後，配合其人生理念而成爲一套新的思想模式，既有儒家入世的精神，又有佛、道的超脫態度，由此使其不因儒家濟世之願不達而自苦，一切均通達處之，達觀而進取。故其人生是極爲開闊的，其作品也因此益顯氣度恢宏，浪漫與現實兼而有之，而這樣的表現，也影響了其對文學創作的觀念，發展出一套自我的見解！

　　檢視現今所存之蘇之所有作品，並未發現一有關於文學理論方面的專著。但其文藝思想，實散見於其諸作中，稍加整理，即可分析

出一明顯的脈絡！蘇軾因有其自我之思想哲學，人生態度，又有淵博的學問為其後盾，故其對於文學創作的要求頗為嚴格，且帶有主觀色彩。加以其仕宦四十餘年來，雖曾官高至如翰林知制誥之職，然亦曾被貶至偏遠蠻荒的儋耳，故一生經歷，直如波濤起伏，變化萬端！使其得以行走人世間，親身體驗到京都的繁華笙歌，掩蓋不了民生疾苦，更無法改變新法帶來的弊害，所見所感，益發堅定其關懷民生及悲天憫人之心。如此豐富的人生閱歷，再加上原本即有的學識基礎，其文學作品因此而表現的層面更廣，視野更大，反映至文學創作理論上，就有了許多有關道德、現實方面的要求，文學因而成為人民的另一種喉舌。但文學創作本為抒發性靈，只有呆板的敘述事實，無法成為生動感人的作品，因此蘇軾也極重視性情的宣洩，不僅作品中理趣橫生，文學理論也表現出靈活的意念。故其理論本身雖是主觀的，但在客觀事實的配合下，便產生了通透精闢的見解！在當時古文運動蓬勃發展的環境中，蘇軾通過大量的文學創作實踐，印證其所提出的具有個人特色的文學見解！

　　蘇軾之文學理論散見於其散文、詩歌、題跋諸作中，大多是短小的評語，頗為零星，但綜合而言，可以歸納成兩大重點，即一、文與道俱。二、傳神。前者可謂其創作之主導思想，而後者則可視為其創作的一個歷程。分別論述於后。

第一節　文與道俱與辭達

一、文與道俱

　　自唐代韓愈提出了「文以載道」的觀念後，文學與道統間漸漸有極密切的關係。至北宋初年經歐陽修、司馬光、蘇舜欽、梅聖俞、石曼卿等人的努力推動，古文運動獲得極大的開展；蘇軾正好於此時投身於古文運動中，客觀條件的成熟，與其本身學力的配合，使古文運動有更光輝的成績！此外，理學也於此時逐漸興盛，道統的觀念更為

濃厚。所謂「道統」，即指自堯、舜、禹、湯、文、武、周公、孔子以來之聖人道，古文運動家與理學家均為闡發此「道」而努力。蘇軾本身曾深受儒家思想的薰陶，受古文運動的影響頗為深遠，其於〈祭歐陽文忠公〉一文云：

> ……軾自齠齔，以學為嬉，童子何知，謂公我師。晝誦其文，夜夢見之，十有五年，乃克見公，……公曰「子來，實獲我心。我所謂文，必與道俱。見利而遷，則非我徒」。……（《東坡後集》卷十六）

歐陽修以其文壇宗主的地位，對獎掖蘇軾不遺餘力，其所謂「必與道俱」之「道」，即古文家所奉行的聖賢之道，蘇軾也奉行此一道統。但如果只是不斷重覆的標榜聖賢之道，則顯得刻板而僵化，故蘇軾將其靈活運用，使「道」負上現實社會的使命。詳加分析之，蘇軾所謂「文與道俱」，是由以下幾點條件結合而成。

（一）有為而作

〈鳧繹先生詩集敘〉云：

> 昔吾先君適京師，與卿士大夫遊，歸以語軾曰：「自今以往，文章其日工，而道將散矣。慕遠而忽近，貴華而賤實，吾已見其兆矣。」以魯人鳧繹先生之詩文十餘篇示軾曰：「小子識之。後數十年，天下無復為斯文者也。」先生之詩文，皆有為而作，精悍確苦，言必中當世之過，鑿鑿乎如五穀必可以療飢，斷斷乎如藥石必可以伐病。其遊談以為高，枝詞以為觀美者，先生無一言焉。（《東坡前集》卷四十）

在本文中蘇軾提出了「有為而作」的觀念，以「言必中當世之過」為作文之本，反對空談、華辭，且要求文學達到如「療肌」、「伐病」一樣的效果，而社會則為其對象。此一觀念極重視文學的實用性，強調文學是為現實社會而服務的，把道統的觀念更為擴展，同時使文學脫離道統，成為一個獨立的個體，而與道統相得益彰。〈文與可畫墨竹

屏風贊〉中亦云：

> 與可之文，其德之糟粕；與可之詩，其文之毫末。詩
> 不能盡，溢而爲書，變而爲畫，皆詩之餘。（《東坡前集》卷
> 二十）

文與可之詩與畫，俱爲其詩之餘，而其詩、文則爲其道德之糟粕，可見文與可之創作，必與道德相結合，此亦爲「有爲而作」的另一表現。

（二）有感而發

文學作品必要有爲而作，內容才不致於空洞。但想要有爲而作，必是心中對某事、某物有所感觸，不得不作，以求傾吐宣洩，故凡爲文學而作，必是有感而發。蘇軾於《南行前集敘》云：

> 夫昔之爲文者，非能爲之爲工，乃不能不爲之爲工
> 也。……自少聞家君之論文，以爲古之聖人，有所不能自
> 己而作者，故軾與弟轍爲文至多，而未嘗敢有作文之
> 意。……山川之秀美，風俗之樸陋，賢人君子之遺跡，與
> 凡耳目之所接者，雜然有觸於中，而發乎詠歎，……將以
> 誌一時之事，爲他日之所尋繹，且以爲得於談笑之間，而
> 非勉強所爲之文也。（《東坡前集》卷二十四）

由本文可見蘇軾以爲作文並非有意爲之，也不是先想好要作何類文字，而是其心靈受到了外物的觸動而有所感發，當情緒漲到飽和點，不能支撐之時，必要散發出來，而作文即爲一途。此即所謂「充滿勃鬱而現於外」（亦見於《南行前集敘》）。如此作文，是心中眞實情緒的表現，故呈現出的意境、情感、語言皆眞實感人，決非刻意求之，必能與道相合，與天相應，而至「化工」之境。

（三）文如其人

一作者因其內心有所感，不得不發洩於作文時，則其情必眞，如此由其作品，應可看出此一作者之面貌、胸懷，文如此，書畫亦然。〈答張文潛書〉云：

> 子由之文實勝僕，而世俗不知，乃以爲不如。其爲人

> 深不願人知之，其文如其爲人，故汪洋澹泊，有一唱三歎
> 之聲，而秀傑之氣終不可沒。(《東坡前集》卷三十)

〈書朱象先畫後〉云：

> 松陵人朱君象先，……曰「文以達吾心，畫以適吾意
> 耳」。(《東坡題跋》卷五)

〈書唐氏六家書後〉云：

> 歐陽率更書，妍緊拔群。……凡書象其爲人，率更貌
> 寒寢，敏悟絕人；今觀其書，勁險刻厲，正稱其貌耳！……
> 世之小人，書字雖工，而其神情終有睢盱側媚之態。不知
> 人情，隨想而見，如韓子所謂竊斧者乎〔註1〕？抑其爾也？
>
> (《東坡題跋》卷四)

古人謂：「詩以言志」，故文學作品本爲道其心志而作，以眞情實事最
爲可貴，是以一佳作除了要有爲而作，有感而發外，更須文如其人，
所抒發者確爲其胸臆。大凡欺世盜名之輩，縱然名顯一時，終究躲不
過歷史批判的眼光，唯有眞情實事才得流傳久遠。此外文如其人，亦
可以表現不同作家之不同的風格，如子由爲人沈穩，故其文如「汪洋
澹泊」；率更貌寒寢，故書法顯得刻厲；小人則終不免有側媚之態。
因此，之所以要文如其人，正因爲作品中有充分的「本我」，不容混
充！蘇軾爲文即言其志，稱其人，與其理論完全符合。

（四）技道並進

爲文若能與道相俱，則其文已具備成爲佳作的先決條件；但單只
有道，而無高妙技巧配合運用，則其事理無法通盤說明，甚至顯得說
教！故爲文須在學問道德及技巧兩方面，日求精進。〈跋秦少游書〉
云：

> 少游近日草書，便有東晉風味；作詩增奇麗，乃知此

〔註1〕《列子》卷八〈說符篇〉：人有亡鈇者，意其鄰人之子，視其行步，
　　　竊鈇也；顏色，竊鈇也；言語，竊鈇也；動作態度，無爲而不竊鈇也。
　　　（鈇即斧也）

> 人不可使閑，遂兼百技矣！技進而道不進則不可，少游乃
> 技道兩進也。(《東坡題跋》卷四)

如果技進而道不進，則不免言辭空洞，崇尚華巧；但如果道進而技不進，則又不免詞窮理困。故而惟有技道兩進，才能使作品日益進步、成熟。此乃蘇軾在道統之外，對文學創作精神，作更深廣的發揮。

由「文與道俱」至「技道兩進」，事實上是文學創作思路上，一個整合的概念，缺少其中一種，均不免使作品流於形式或停滯不前。蘇軾在同時代文人一片遵循道統的聲浪中，突破傳統刻板的觀念，使作品有較靈活的思路與創作空間。

二、辭　達

蘇軾提倡「文與道俱」。「道」為聖賢之道，自是無庸置疑，但蘇軾由「聖賢之道」這一點上作了更多的發揮；且其為「道」擴大的層面，尚不止於「有為而作」、「文如其人」等觀念罷了！更重要的突破，是把「道」脫離傳統的藩籬，而將之視為「客觀事物的規律」，是一必須要通過具體的文學創作實踐，才能充分掌握且認識的「客觀規律」。此一「客觀規律」之最高表現則為「辭達」！分別說明如后。

（一）「道」為客觀事物之規律

〈日喻〉云：

> 道之難見也甚於日，而人之未達也，無以異於眇。達者告之，雖有巧譬善導，亦無以過於槃與燭也。……故世之言道者，或即其所見而名之，或莫之見而意之，皆求道之過也。……南方多沒人，日與水居也，七歲而能涉，十歲而能浮，十五而能沒矣。夫沒者豈苟然哉？必將有得于水之道者。日與水居，則十五而得其道。生不識水，則雖壯，見舟而畏之。故北方之勇者，問於沒人，而求其所以沒，以其言試之河，未有不溺者也。故凡不學而務求道，皆北方之學沒者也。(《東坡前集》卷二十三)

蘇軾在此文中，以巧妙的譬喻與對照，通過盲者與沒者兩種人物，說明「道」乃指客觀規律，如果不明白此一規律，則事事無成。想要掌握此一規律，則須務學，通過本身的體驗實踐之後才能漸漸領悟此一規律，終至轉化成一本領。「蘇軾強調生活實踐對於人們認識客觀事物規律的重要性，強調生活實踐是得道的關鍵」。(語見顏中其《蘇軾論文藝》，頁五) 如果對此「道」只是「求」，便只是口頭上的追求；只有務學而漸致於道，才算真正得到了「道」。

（二）辭　達

　　當一個人務求學習，而且也能掌握客觀事物規律之時，又將如何使其作品成為佳作呢？對於此一問題，蘇軾提出一個相當新穎的觀念——「辭達」，「辭達」一語出自孔子，但其本義大致為「文理通順，能使人達」，而蘇軾基於如此的前提之下，對「辭達」一語有了創新的發揮。〈答虔倅俞括奉議書〉云：

　　　　孔子曰「辭達而已矣」！物固有是理，患不知，知之，患不能達之於口與手。所謂文者，能達是而已。(《東坡後集》卷十四)

〈與王庠書〉云：

　　　　前啟所示著述文字，皆有古作者風力，大略能道意所欲言者。孔子曰「辭達而已矣」！辭至於達，已矣！不可以有加矣！(《東坡後集》卷十四)

〈答謝民師推官書〉云：

　　　　孔子曰「言之不文，行之不遠」，又曰「辭達而已矣」！夫言止於達意，疑若不文，是大不然。求物之妙，如繫風捕影，能使是物了然於心者，蓋千萬人而不一遇也，而況能使了然於口與手者乎？是之謂辭達。辭至於能達，則文不可勝用矣！(《東坡後集》卷十四)

蘇軾以為萬事萬物之規律，經過捕風捉影般的微妙觀察之後，終究能了然於胸中，但這已經是萬中有一，非常難能可貴的了！而後還要使

此一了然於胸中的規律，透過口與手表達出來，更加困難。故而文學創作的最高表現即在於使心中所明之規律，通過語言或文字表達出來。但語言與文字間尚有一段距離，並非每一個人均能「我手寫我口」，故由認識規律，到反映規律，其手段即爲「文」，但並非指華麗的文采，而是指能清楚表達其心中所欲表達的規律、意念，方至辭達之境。

由以上分析，可見蘇軾所謂「辭達」，代表一個過程，先有務學，而後經審愼觀察，認識規律，再用文字表現出來。但僅止於此，亦不算完成，尚須「求物之妙」，如此「辭達」方竟全功！捕風捉影屬於藝術上的功夫，而「辭達」則是「道」的高度表現，由此也看出蘇軾極重視「道」與「藝」的相結合。郭紹虞《中國文學批評史》上〈文與道的問題〉云：

> 三蘇論文本不重在道，即偶有言及道者，但其所謂道，是道其所道，非惟不是道學家之所謂道，抑且不是柳、穆、歐、曾諸人之所謂道。……東坡之所謂道，其性質蓋通於藝，故較之道學家之所謂道，實更爲通脫透達而微妙。

蘇軾所謂道乃是由道學家、古文家之道延伸而來，而更爲豐富高明，並非全然與道學家、古文家之道無關。但郭氏亦見出蘇軾論文乃道藝相合！「文與道俱」之觀念因與藝之配合而更開展。〈答虔倅俞括奉議書〉云：

> 自東漢以下十篇，皆欲酌古以取今，有意於濟世之用，不志於耳目之觀美，此正平生所望於朋友與凡學道之君子也。(《東坡後集》卷十四)

此再度申明文章須有濟世之用，不單只重華采之論。又如〈評柳詩〉云：

> 詩須要有爲而作〔註2〕。

〈答喬舍人啓〉云：

〔註2〕見《東坡題跋》卷二。

　　　　文章以華采爲末，而以體用爲本〔註3〕。

〈與元老侄孫〉云：

　　　　務令文字華實相副，期於適用乃佳〔註4〕。

〈書唐氏六家書後〉云：

　　　　（柳公權）其言心正則筆正，非獨諷諫，其理亦然〔註5〕。

所言種種，均是以文學之實用功能爲著眼點。欲達成此功能，則爲文須與道相俱，唾棄雕繪藻飾。由「文與道俱」一端發展出如此豐富的文學要求，顯示蘇軾「現實主義」的文學態度，「生活」就是其創作泉源，周身一切全爲取材之資，透過浪漫又豁達的人生態度，靈活生動的文筆，自然眞實的文風，表現其所秉持的現實主義。自齊梁以來文風淫靡，而北宋初年的西崑詩體亦豔薄斯極，經唐宋古文家之努力，已逐漸改善此一浮濫；蘇軾的現實主義文風，自是針對此一衰敗文風而出，因此他能創作時，隨時保持高度的警覺性，並隨時提出針砭良藥，使創作理論與實踐齊頭並進，故而可以「文與道俱」視爲其創作時之主導思想。

第二節　傳　神

　　掌握住蘇軾創作之主導思想後，便可知蘇軾之作品，不論何種體裁，均不致於氣格卑陋！但這一思想乃具備於創作之前，而非由其成品中分析得知；且作品中如果只講求道，或是只描摹事物的客觀規律，則其作品不是流於高調，就是千篇一律，與一般古文家並無二致！

　　蘇軾之所以爲蘇軾，正以其作品中有非常鮮明的自我，決不容他人作僞！其表現自我特色之處即在於豐富的取材、清楚的意念、創新的觀念、高妙的技巧、流暢的敘述、傳神的描繪、多樣又獨特的風格等，如此繁複的表現，卻均在創作瞬間完成，同時也是蘇軾積數十年

〔註3〕見《東坡續集》卷十。
〔註4〕見《東坡續集》卷七。
〔註5〕見《東坡題跋》卷四。

的學力與經驗所領悟出來的。如果把此繁複的功夫視爲一創作歷程，則此一歷程實爲久遠。〈書吳道子畫後〉云：

> 智者創物，能者述焉，非一人而成也。君子之於學，百工之於技，自三代歷漢至唐而備矣。故詩至於杜子美，文至於韓退之，書至於顏魯公，畫至於吳道子。而古今不變，天下之能事畢矣……道子畫人物，如以燈取影，逆來順往，旁見側出，橫斜平直，各相乘除，得自然之數，不差毫末，出新意於法度之中，寄妙理於豪放之外，所謂游又餘地，運斤成風，蓋古今一人而已。

> 余於他畫，或不能必其主名，至於道子，望而知其眞僞也。（《東坡題跋》卷五）

由此一段品評吳道子畫的文字看來，蘇軾對於藝術，要求須有運斤成風、遊又有餘（註6）的熟練技巧，與不差毫末的自然之數，以創造高妙的作品。此須經由平時審慎的觀察，對萬物的常規常理，不論由何角度，均能掌握，由精微的常理中，加入自我創新的意念，而後從事描繪，縱情抒發，雖豪放超邁，但能與妙理相合，而不流於粗率，這些成就均非一朝一夕即可完成，須有長久的準備時間，故云「傳神」是作品的最高表現，同時也是一種創作歷程。其歷程如后。

一、積　學

任何技藝、學問均是由零開始學習，欲達高的標準，則須學得廣、學得深、學得精，在如此不斷的學習之中，將未知轉化成已知，再成爲理解，終至爲豐富的資源，於創作時用之不竭！再進一步由這些已知的資源中，參透更多的道理，使作品能具高度的感染力與說服力，

〔註6〕《莊子》、〈養生主〉第三云：庖丁爲文惠君解牛，……文惠君曰：「譆，善哉！技蓋至乎此！？」庖丁釋刀對曰「臣之所好者，道也。進乎技矣！始臣之解牛之時，所見無非牛者；三年之後，未嘗見全牛也……今臣之刀十九年矣。所解數千牛矣！……彼節者有間，而刀刃者無厚，以無厚入有間，恢恢乎，其於遊刃，必有餘地矣！

否則辭短理窮，只有自暴其醜！〈稼說〉云：

> 蓋嘗觀於富人之稼乎？其田美而多，其食足而有餘。
> 其田美而多，則可以更休而地方得全；其食足而有餘，則
> 種之常不後時，而斂之常及其熟。故富人之稼常美，少秕
> 而多實，久藏而不腐。今吾十口之家，而共百畝之田，寸
> 寸而取之，日夜以望之，鋤耰銍艾相尋於其上者如魚麟，
> 而地力竭矣！種之常不及時，而斂之常不待其熟，此豈能
> 復有美稼哉？……博觀而約取，厚積而薄發。（《經進東坡文
> 集事略》卷五十七）

蘇軾以富人與貧人間之耕種實況作一鮮明的對比，體會貧者與
富者間，貧富差距日益擴大的原因，在於富者之田美穫豐，故常有
餘糧得屯積，不虞匱乏，且土地不須一耕再耕，因此土質始終保持
肥沃！成果便始終豐碩，故富者益富。而貧者之情形恰與富者相反，
年年耗損地力，而收穫依然不足，故貧者益貧！富者之土地豐厚，
糧食充足，便如一人腹中之淵博學識，於從事創作之時，不會有捉
襟見肘的困窘。「博觀而約取，厚積而薄發」，是須藉數十年如一日
的勤奮學習，吸收新知，再盡數存入胸中，成為創作財富。〈答張嘉
父書〉云：

> 凡人為文，至老多有所悔。僕嘗悔其少作矣！然著成
> 一家之言，則不容有所悔；當且博觀而約取，如富人之築
> 大第，儲其材用，既足，而後成之，然後為得也。（《東坡續
> 集》卷六）

此處亦申明厚積、博觀方可以有材用，且不致有幼稚可笑的作
品，使人不悔其少作，並終能著成一家之言。可見積學為創作的基本
條件，無學則一切均不可能談及。〈又答王庠書〉云：

> ……實無捷徑必得之術。但如君高才強力，積學數
> 年，自有可得之道，而其實皆命。……書富如入海，百貨
> 皆有，人之精力，不能兼收並取，但得其所欲求者爾！故
> 願學者每次作一意求之。……但作此意求之，勿生餘

念。……他皆仿此，此雖迂鈍，而他日學成，八面受敵，
與涉獵者不可同日而語也。甚非速化之術，可笑可笑！（《經
進東坡文集事略》卷四十六）

　　厚積、博觀自可有積學之功，然而學問是廣博而深不可測的，
且傳世的典籍，又有許多種類，如果只是囫圇吞棗，只使人感到飽
脹難受，如何也作不出佳作來！學問須經過咀嚼、消化、吸收，求
其精煉之處，方有著成一家之言之期。故蘇軾作進一步的說明，闡
明讀書時應懂得分門別類，以求專精；但並非只鑽研其中一類，而
是按部就班，一類一類的分別鑽研精讀，不妄想一蹴可幾，亦不以
只涉獵所有典籍為滿足，如此方能把書上的文字變化成胸中之學識
及見解，於創作上大為發揮。如此愈積愈富，並在不同學問中尋求
相異同處，加以融會貫通，創作時即使「八面受敵」，亦能靈活運用，
應付自如。蘇軾此一讀書方法，實深具科學精神，決非死背經籍之
人所可比擬。其己之為學態度，亦完全符合此科學精神，故有如此
豐富學識，不論何類作品的創作，均如手到擒來，不假思索。又〈塩
官大悲閣記〉云：

　　　　古之學者，其所亡與其所能，可以一二數而日月見
也。如今世之學，其所亡者果何物？而所能者，果何事歟？
孔子曰「吾嘗終日不食，終夜不寢，以思，無益，不如學
也」！由是觀之，廢學而徒思者，孔子之所禁，而今世之
所止也。（《經進東坡文集事略》卷五十四）

　　此文之主旨原為諷刺王安石新法中之科舉制度。王安石新法以經
義取士，故學子只重視放言高論，實皆為空談，毫無真實學識為基礎，
因此不免流於譁眾取寵。蘇軾深以此為憂，因而出言相譏。此文雖為
譏評之語，但也可見出蘇軾之文學主張乃重實學而忌空談。只有巧思
空想，於文章事業毫無益處，故應廢思而積極為學。〈文與可畫篔簹
谷偃竹記〉云：

　　　　夫既心識其所以然而不能然者，內外不一，心手不相

應，不學之過也。故凡有見於中，而操之不熟者，平居自視了然，而臨事忽焉喪之，豈獨竹乎？子由為《墨竹賦》以遺與可曰「庖丁，解牛者也，而養生者取之；輪扁，斲輪者也，而讀書者取之。今夫夫子之托於斯竹也，而余以為有道者，則非耶」？子由未嘗畫也，故得其意而已。若余者豈獨得其意，並得其法。(《東坡前集》卷三十二)

「內外不一，心手不相應，不學之過也」，表明經過觀察之後，卻不能以文字或技藝表達出來，是不學的過失。如果曾深入學習，則不但心手相應，而且可達庖丁解牛，輪扁斲輪一般的熟練〔註7〕，由此益見積學對於創作的重要性。

二、人生閱歷

藝術作品應為作者性情、人格的表現，才具有生命力與感染力。積數十年之學力者，其作品自較才疏學淺之人為高，然而如果只由固有之學問中求創作，則終不免貧乏而重覆。因此一個人的生活背景、遭遇、經驗，可以改造一個人的心境、處世態度，更可以拓寬眼界，也為創作時提供了更多的資料，增強真實性，灌注感人的生命力，改換創作的方向，故一個人的閱歷對其作品，具有絕對的影響力，〈送參寥師〉云：

閱走人世間，觀身臥雲嶺。(《蘇軾詩集》卷十七)

完全投身於人世、社會間，仔細觀察人生百態，同時虛心體驗，並反省自己的生活，寫入作品中，才不會空口無憑。以人世百態為作品的取材對象，才會深入觀察社會，關懷民生，對濟世的理想，才有助益。

〔註7〕《莊子‧徐無鬼》第二十四云：郢人堊惡其鼻端，若蠅翼，使匠石斲之。匠石運斤成風，聽而斲之，盡堊而鼻不傷，郢人立不失容。
《莊子‧天道》第十三云：輪扁斲輪於堂下，……輪扁曰：「臣也，以臣之事觀之。斲輪徐則甘而不固，疾則苦而不入，得之於手而應之於心，口不能言，有數存焉其間。」

三、自出新意

豐富的學識與閱歷，固然是創作佳作的一大憑藉，但是容易導致人云亦云，而流入模式之中，減低了感人與啓發的力量，缺乏個性，作品價值也相對減低。故而作品中應充分表現自我，時時自固有學問中自出新意，而不蹈襲他人作品。〈評草書〉云：

> 書初無意於佳乃佳爾，草書雖是積學而成，然要之出
> 於欲速。……吾書雖不甚佳，然自出新意，不踐古人，是
> 一快也。（《東坡題跋》卷五）

由此語可見出蘇軾自豪之情，亦可明其所謂「自出新意」，並非只務求新奇，而是在積學之後，對應有之規律有了充分掌握之後，提出新的見解與方法，不與人雷同，也決不是標新立異。〈書唐氏六家書後〉云：

> 顏魯公書，雄秀獨出，一變古法。……柳少師書，本
> 出於顏，而能自出新意，一字百金，非虛語也。（《東坡題跋》
> 卷五）

〈跋葉致遠所藏永禪師千文〉云：

> 永禪師欲存王氏（王羲之）典刑，以爲百家法祖，故
> 舉用舊法，非不能出新意，求變態也。然其意已逸於繩墨
> 之外矣！（《東坡題跋》卷五）

大凡獨步古今之人，其作品必有深厚之基礎，同時能於繩墨之外自出新意，此新意亦非刻意求得，而是在對所有規律均了然於胸中後，自然發展形成的，相當難得！因此成功的作品是作者天才與學力的充分發揮，規距與新意的配合無間下完成。因此如果要以政治力量，妄想使他人之作法、想法均與己相同，甚而以權勢相威迫者，更爲要不得！此舉簡直扼殺了作者的才華與創作生命，更遏阻了文學藝術的進步。〈答張文潛書〉云：

> 文字之衰未有如今日者，其源實出於王氏（王安石）。
> 王氏之文未必不善也，而患在於好使人同已。自孔子不能

> 　　使人同。……而王氏欲以其學同天下。地之美者同於生物，
> 　　不同於所生；惟荒瘠斥鹵之地，彌望皆黃茅白葦，此則王
> 　　氏之同也。（《東坡前集》卷三十）

　　欲使人同己之結果，是使所有作品均如白葦黃茅，只是無人重視的賤草！而地利毫無被利用之處，與荒瘠斥鹵亦一般無二，正如一有才之人，才能不得發揮。王安石著《字說》、《三經新義》諸書，作為科舉教科書，欲使天下學子只從其說。然人自出生即各有稟賦，妄使相同，其結果真是愚昧眾生，慘不忍睹。故蘇軾痛斥王安石此舉之荒謬，也再次說明其主張創新、自我的文學觀念。趙翼《甌北詩話》卷五云：

> 　　元遺山論詩云「蘇門若有功臣在，肯放坡公百態新」？
> 　　此言似是而實非也。新豈易言？意未經人說過則新，書未
> 　　經人用過則新。詩家之能新，正以此耳。若反以新為嫌，
> 　　是必拾人牙後，人云亦云；否則抱柱守株，不敢踰限，是
> 　　尚得成家哉？尚得成大家哉？〔註8〕

　　趙翼肯定蘇軾創新的成就，有創新才可能成為大家。而蘇軾不論何時何地，均以創作理論與創作實踐齊頭並進，而非空談理論。而且其創新，並非錙銖於一字一句之中別求新奇，而是筆力所至，自成創格，正是學力深厚的具體表現。

四、空諸所有，以納萬物

　　當一個作者具有積學、閱歷、創新等基礎之後，已為創作作好了完善的準備。創作的第一個步驟就是胸中必須先「空諸所有」，然後才能「以納萬物」。〈送參寥師〉云：

> 　　欲令詩語妙，無厭空且靜。靜故了群動，空故納萬境。

　（《蘇軾詩集》卷十七）

　　蘇軾通過佛家參禪的道理，應用在詩法之上，故其又云「詩法不

〔註8〕元好問〈論詩絕句〉云：金入洪鐘不厭煩，精金那許受纖塵。蘇門若
　　有忠臣在，肯放詩歌百態新？

相妨，此語當更清」（同上）。佛家空、靜之為，乃為求頓悟，以求通禪。因為其心境空靈平靜，才能毫無雜念，耳聰目明，心思雪亮，對萬事萬物才能透徹認識，而有不凡的領悟，達於「禪境」。在創作之前若能有如此心靈，則萬事萬物均入其胸中奔騰，卻不致雜亂無章，能清楚理出頭緒，並加以歸類，左右逢源，下筆便真如有神，而層次井然，文字事理清楚明白。

虛懷、靜觀，以便能攝取外界萬物，作為創作材料，但萬物了然於心中後，創作時卻非一網打盡似的，把心中所想所知均納入作品；而是有選擇性的，只選擇最適合自己所想表達的某一哲理，或某一件事，與其所云「故願學者每次作一意以求之」（〈又答王庠書〉）的分類讀書方法，可以互相對照。

五、隨物賦形，胸有成竹

萬事萬物納入胸中，了然胸中之後，便應捕捉靈感，創造形象。創作靈感的捕捉，對於作品的成敗不無關聯，而靈感的湧現，與作者本身因外物感動，而不能自己的創作激情，也密切相關。這些因受觸動而產生的靈感，是稍縱即逝的。〈南行前集敘〉云：

> 山川之秀美、風俗之樸陋，賢人君子之遺迹，與凡耳
> 目之所接者，雜然有觸於中，而發於詠歎！（《東坡前集》卷
> 二十四）

〈湖上夜歸〉詩云：

> 清吟雜夢寐，得句旋已忘。（《蘇軾詩集》卷十九）

〈臘日游孤山訪惠勤惠思二僧〉詩云：

> 作詩火急追亡逋，清景一失後難摹。（《蘇軾詩集》卷七）

「雜然有觸於中」，即指作者的思想受到了激盪，直至有所不能自己之時，必須發洩於創作之中，才有了真性情的作品產生。這些靈感、思緒須要立即寫下，否則稍縱即逝，而且不可能出現第二次，有如佳作不可能再重作一次般。是故捕捉靈感之後，即須創造形象。〈自

評文〉云：

> 吾文如萬斛泉源，不擇地皆可出。在平地滔滔汩汩，
> 雖一日千里無難。及其與山石曲折，隨物賦形，而不可知
> 也。所可知者，常行於所當行，常止於不可不止，如是而
> 已矣！其他雖吾亦不能知也。（《東坡題跋》卷一）

〈答謝民師推官書〉云：

> 所示書教及詩賦雜文，觀之熟矣！大略如行雲流水，
> 初無定質，但常行於所當行，常止於所不可不止。文理橫
> 生，姿態自然。（《東坡續集》卷十一）

〈書蒲永昇畫後〉云：

> 唐廣明中處士孫位始出新意，畫奔湍巨浪，與山石曲
> 折，隨物賦形，盡水之變，號稱神逸。（《東坡前集》卷二十三）

　　蘇軾由創作靈感的捕捉，而對創造形象方面提出一極新的觀念，即「隨物賦形」。創作靈感會因不同事物，不同的思想感情而有異，同時思想感情又因客觀環境不同而產生變化，如此層層遞進，互相影響，因此作品才會有許多不同的面貌。故創作是按不同的客觀規律，表現不同的形態，其中又夾有作者不同的思想感情。作者會在作品中表現不同的思想感情、創作靈感、形態面貌，有時連作者本身也是不自覺的。但因其有客觀事物規律爲其後盾，故其於分寸之間又拿捏得非常精確，而能行於所當行，止於所不可不止。自言其文如行雲流水，不擇地皆可出，可見其隨時留心萬物，一旦受到觸動，下筆立成佳作。

　　「隨物賦形」乃其爲文之一重要規律。但是作文既是要抒發受到觸動的心靈，就不可能只有隨物曲折，描摹其形，須要深入表達其情感，故其又強調作文應以意爲主。〈跋君謨飛白白書〉云：

> 物一理也，通其意則無適而不可。（《東坡題跋》卷五）

葛立方《韻語陽秋》云：

> 坡嘗誨以作文之法，曰「天下之事，散在經、子、史
> 中，不可徒使，必得一物以攝之，然後爲己用。所謂一物

者，意足也。不得錢，不可以取物；不得意，不可以用事。
此作文之要也」

周煇《清波雜誌》云：

> 東坡教諸子作文，……坡云：「譬如城市間，種種物
> 有之；欲致而爲我用，有一物焉，曰錢。得錢，則物皆爲
> 我用。作文先有意，則經、史皆爲我用。大抵論文，以意
> 爲主。」

蘇軾論文以意爲主，意者，一指事物之意，一指作者內心之意，
兩相配合而爲文。事物之意，其外形顯而易見，其內在規律則常隱而
不宣，故蘇軾以爲創作時要創造形象，深具艱難，不僅要寫出事物內
在、外在之意，且要發前人所未發，追求新的形象、意境、思想。〈祭
張子野文〉云：

> 清詩絕俗，甚典而麗，搜研物情，刮發幽翳，微詞婉
> 轉，蓋詩之裔。（《東坡前集》卷三十五）

「搜研物情，刮發幽翳」即發前人所未發，以求創新。「搜研物
情」指須盡力探討萬事萬物之形狀情態、個性特徵，甚或是他人思想
情感上的情態，一定要達到最眞實的地步。「刮發幽翳」則指由萬事
萬物的眞實特徵，或他人的思想情感，或大自然一切未被揭視的情
態、特徵，均要加以揭露，如此才能有創新的形象。此一工作須經長
期觀察、思考，「美好出艱難」（〈和陶詩〉）也。任何佳作皆須經此千
錘百鍊，方成其功。形象的創新，正與其云爲文時須自出新意之理相
互照應。

〈文與可畫篔簹谷偃竹記〉云：

> 故畫竹必先得成竹，執筆熟視，乃見其所欲畫者，急
> 起縱之，振筆遂之，以追其所見，如兔起鶻落，稍縱即逝
> 矣！（《東坡前集》卷二十）

由掌握形象，創造形象一點上，蘇軾更提出「胸有成新」的新觀
念。創作前經過深思熟慮、審愼觀察之後，必有一創作藍圖形成於胸

中，此一藍圖不僅具有事物外在形象、內在規律，也具備作者本身的思想情感。當此藍圖形成，即「胸有成竹」。而作者眼中之物，再也不是原來客觀世界中之物，而是具有創作生命的成品了，此時下筆揮灑，立成佳作。有如靈感的湧現一般，都是稍縱即逝的。而「胸有成竹」可謂蘇軾的創作步驟中的最高要求，表達文藝創作須至「觀察生活、孕育形象、刻繪形象的境界。」〔註9〕

「胸有成竹」乃對外物作審慎觀察後，所捕捉到的真象加以記錄，此真象須用文字作正確清楚的表達，把所理解到的規律作準確的反映。因此除了成竹於胸外，更要有道有藝，心手相應，此又可與「積學」的要求前後呼應。〈書李伯時山莊圖後〉云：

> 天機之所合，不強而自記也。居士之在山也，不留於一物，故其神與萬物交，其知與百工通，雖然，有道有藝。有道而不藝，則物雖形於心，不形於手。吾嘗見居士作華嚴（圖），皆以意造。

〈文與可畫篔簹谷偃竹記〉云：

> 夫既識其所以然，而不能然者，內外不一，心手不相應，不學之過也。（《東坡前集》卷三十二）

平時與萬物為伍，便忘記了自己與萬物之差別，至於達到與萬物交，與萬物合之境，似乎是並未留意於萬物，即有此功，實則早已經過縝密觀察了。而「平日自視了然」，是已經掌握了萬物之規律，須由技藝來表達。「藝」即技藝也，萬物客觀規律的「道」與「藝」相合，方鑄天成。如果只是心中了然，而不能用語言、文字表達，則為「無藝」，既無藝，則不能至「辭達」之境界，此為不學之過。只有務學、積學才能至有道有藝。了然於心，心手相應而至於辭達，則可至於物我相合之境，達到「傳神」的妙處。

「傳神」之說並不始於蘇軾，南朝宋劉義慶《世說新語》中已有傳神之說。《世說新語》〈巧藝〉第二十一云：

〔註 9〕語見劉乃昌《蘇軾文學論集》之〈蘇軾的文藝觀〉。

顧長康畫裝叔則頰上益三毛。人問其故，顧曰「裴楷俊朗有識具，正此是其識也。」

顧長康畫人，或數年不點目精。人問其故，顧曰「四體妍蚩，本無關於妙處，傳神寫照，正在阿堵中。」

顧長康即顧愷之，乃東晉時之名畫家，其提出畫人之所以傳神，乃在眼睛及頰上。蘇軾〈傳神記〉亦云：

傳神之難在目。顧虎頭云「傳神寫照，都在阿堵中。其次在顴頰。」(《經進東坡文集事略》卷五十三)

蘇軾據顧說而有更深刻的闡發。文學最高境界在於傳神，而「神」為何指？〈傳神記〉又云：

欲觀其人之天，法當於眾中陰察之。……凡人意思所在，或在眉目，或在鼻口。虎頭云「頰上加三毛，覺精采殊勝。」(《晉史》顧愷之傳)。則此人意思蓋在顴頰間也。優孟學孫叔敖抵掌微笑，至使謂死者復生，此豈舉體皆似？亦得其意思所在而已。

可見蘇軾所謂「傳神」，乃指「意思」，即個人所具有的個性特色，風格特徵，內在氣質，外在面貌等，是典型而且唯一的。若能表達各人的意思所在，便是傳神。故欲使傳神，須於平日不斷暗中觀察比較，突顯出各人不同的「意思」，不須舉體盡似，即可傳神。由這一點，也可以看出蘇軾較重寫意，而較不重寫實。〈虔州崇慶禪院新經藏記〉云：

以吾之所知，推至其所不知，……口必至於忘聲而後能言；手必至於忘筆而後能書。此吾之所知也。口不能忘聲，則語言難於屬文；手不能忘筆，則字畫難於雕刻。及其相忘之至也，則形容心術，酬酢萬物之變，忽然而自知也。自不能者視之，其神智妙達，不既超然與如來同乎！故《金剛經》曰「一切賢聖，皆以無為法，而有差別」。以是為技，則技疑神；以是為道，則道疑聖。……吾老矣，安得數年之暇，托於佛僧之宇，盡發其書，以無所思心，

　　會如來意，庶幾於無所得故而得者。(《東坡前集》卷十二)

　　此文作於紹聖二年，其時蘇軾被貶於海外，以積數十年之創作經驗與人生經歷，領悟出此一文學理論。蘇軾為人真如其所言，無思亦無為乎？其實不然，乃是因其對萬事萬物已太熟悉，不須再經琢磨，即可揮筆縱橫，此時早已掌握了萬事萬物的規律，故創作時，無聲亦無筆，只有心中所欲表達的意念。所謂心手相應，而又心手相忘也。至此則與天機相合，臻於極致，此亦為蘇軾融合佛家理與創作方法而得之理念。又〈小篆般若心經贊〉云：

　　　　心有形聲與點畫，何暇復求字外意。……禪律若可以作得，所不作處安得禪？善哉李子小篆字，其間無篆亦無隸，心忘其手手忘筆，筆自落筆非我使。(《東坡前集》卷四十)

　　在完全掌握客觀規律之後，則完全以意出之，心手相忘，手筆亦相忘。但其背後尚有一規律支撐，決非肆口而成，在創作時心中早已超脫於文字、聲音等形式束縛，而至隨欲之境。此正與「運斤成風」、「游刃有餘」之說相輔相成。而由此可求作品的意外之意，味外之味。何以隨心所欲竟可妙造天契，與天相合而至傳神呢？〈書晁補之所藏與可畫竹〉三首之一云：

　　　　與可畫竹時，見竹不見人，豈獨不見人，嗒然遺其身。

　　(《蘇軾詩集》卷二十九)

　　可知是因已至物我兩忘、與物相合之境，而且此境又已融合事物客觀規律、形象，與作者思想感情，經過一番提煉後，集中於某一焦點上，焦點小而本質愈明顯，故一出即傳神，無他物可以取代。又〈墨君堂〉云：

　　　　與可獨能得君之深，而知君之所以賢，雍容談笑，揮灑奮迅而畫君之德，稚壯枯老之容，披折偃仰之勢。風雪凌厲以觀其操，崖石犖确，以致其節。得志遂茂而不驕，不得志瘁瘠而不辱，群居不倚，獨立不懼，與可之於君，可謂得其情而盡其性矣！(《東坡前集》卷三十一)

　　蘇軾以擬人手法來說明文與可畫竹的技巧，文與可畫竹前必對竹有極深刻的觀察與領悟，至其畫竹時，竹已非竹，而是與可本人氣節的表現。竹如君子，最重高風亮節，與可把握竹之特性而畫，遂成佳作。然竹實無知，會成為一有品君子，是人所賦予的，此即是傳神的妙處。又〈僕曩於陳漢卿家，見吳道子畫，碎爛可惜，……〉云：

　　　　吳生畫佛本神俊，夢中化作飛空仙。覺來落筆不經意，神妙已達秋毫顛。(《蘇軾詩集》卷十六)

〈子山新修汝州龍興寺吳壁畫〉云：

　　　　人間幾度變西方，盡作波濤翻海勢。細觀手面分轉側，妙算毫釐得天契。始知真放本精微，不比狂花生客慧。

　　　　(《蘇軾詩集》卷三十七)

〈書浦永昇畫後〉云：

　　　　近歲成都人蒲永昇，嗜酒放浪，性與畫會。……遇其欲畫，不擇貴賤，頃刻而成。嘗與余臨壽寧溪水，……每夏日掛之高堂素壁，即險風襲人，毛髮為立。(《東坡前集》卷二十三)

　　以上諸文均可見蘇軾極重視藝術之傳神，求天工與天巧，而不求形似，融合作者之神思妙想於其中，而後二度重現於作品中。因為不專寫形似，故變態無窮，神妙無方。故其於〈書鄢陵王主簿所畫折枝〉中云：

　　　　論畫以形似，見與兒童鄰。賦詩必此詩，定知非詩人。
　　　　詩畫本一律，天工與清新。善畫者，畫意不畫形，善詩者，
　　　　道意不道名。

　　均表明蘇軾重意不重形，重神似而不求形似。但其只重神似，隨心所欲而以己意出之，而無規律可以規範之，似乎稍嫌太過，因為無規律之作，雖然是出自作者之真心意的表現，但如何能構成動人心魄的力量呢？實則蘇軾講求神似，乃是以形似、寫真為其基礎，通過形似以求神似，故並未與事物的客觀規律相違背，而又能出以己意，以

表現明顯的自我風格特徵。如果創作失去常理、常形，則易遭人譏評，更遑論成就佳作了。〈淨因院畫記〉云：

> 余嘗論畫，以爲人、禽、宮室、器用，皆有常形，至於山石、竹木、水波、煙雲，雖無常形，而有常理。常形之失，人皆知之；常理之不當，雖曉畫者有不知。……
>
> 雖然常形之失，止於所失，而不能病其全，若常理之不當，則舉廢之矣！以其形之無常，是以其理不可不謹也。世之工人，或能曲盡其形，而至於其理，非高人逸才不能辨。……千變萬化，未始相襲，而各當其處，合於天造，厭於人意，蓋達士之所富也歟？（《東坡前集》卷三十一）

〈書竹石後〉云〔註10〕：

> 與可論畫竹木，於形既不可失，而理更當知。生老新死，烟雲風雨，必曲盡眞態，合於天造，厭於人意，而形理兩全，然後可言曉畫。故非達才明理，不能辨論也。

蘇軾以爲天下萬物均有其常形與常理，常形爲其外在形觀，明眼可見，較易掌握；常理則爲內在規律，本質特徵，需要細察、比較後方有所得。如果失常形而存常理，則尚非劣品；若形理俱失，則不可談創作。而欲達到妙造自然，合於天造，厭於人意，則須形理兩全，曲盡眞態，故神似與形似是須並重的。常形或人人可得，常理則須由高人逸才經由積學而得。明理重形，千變萬化而達於神。〈記子由論畫〉云〔註11〕：

> 子由嘗言「所貴於畫者，爲其似也。似猶可貴，況其眞者！吾行都邑田野，所見人物皆吾畫笥也。所不見者，獨鬼神耳！……」，此言眞有理。

〈書戴嵩畫牛〉云：

> 蜀中有杜處士，……戴嵩畫牛一軸，……一日曝其

〔註10〕顏中其《蘇軾論文藝》頁203註1云：本文《七集》未收，引自李日華《六硯齋筆記》。本文再依顏書轉引。

〔註11〕此爲《東坡前集》卷三十三〈石氏苑畫記〉中一段。

畫。有一牧童見之，拊掌大笑，曰：「此畫鬥牛也。牛鬥力在角，尾搐入兩股間。今乃掉尾而鬥，謬矣！」處士笑而然之。(《東坡題跋》卷六)

〈書黃筌雀〉云：

黃筌畫飛鳥，頸足皆展。或曰「飛鳥縮頸則展足，縮足則展頸，無兩展者」。驗之信然，乃知觀物不審者，雖畫師且不能，況其大者乎？君子是以務學而好問也。(《東坡題跋》卷六)

〈評詩人寫物〉云：

詩人有寫物之功，「桑之未落，其葉沃若」，他木殆不可以當此。林逋梅花詩云：「疏影橫斜水清淺，暗香浮動月黃昏」。決非桃李詩。……此乃寫物之功。(《東坡題跋》卷三)

由以上諸文中看見蘇軾強調形似的可貴與重要性，惟有形似，才可能達到神似。而形似、神似均須以務學為基礎，詩、畫皆然！還要深刻觀察生活動態，則其形象之刻畫才具有典型性；否則即如黃筌與戴嵩之畫般因未能掌握常理，而遭人取笑。

作品達於神妙，除了須要上述條件外，也須要高超的技巧。蘇軾不講究堆砌文采、辭藻，而求平實自然，但語言文字必須具有特色，故必得要經過一番鎔鑄功夫，而至於不著痕跡，此可謂鍊字之功。故其云「新詩如彈丸，脫手不暫停」(〈次韻答參寥〉)〔註12〕，「清詩要鍛鍊，乃得鉛中銀」(〈崔文學甲攜文見過……〉)〔註13〕，均強調鍛鍊之功，經過鍛鍊而達於圓熟。周紫芝《竹坡詩話》云：

李端叔嘗謂余言，東坡云「街談市語，皆可入詩，但要入鎔化耳。」

李之儀《姑溪題跋》云：

東坡嘗謂余曰「凡造語，貴成就。成就則方能自名一家。」

〔註12〕見《蘇軾詩集》卷十八。
〔註13〕同上卷二十五。

錢泳《履園譚詩》云：

> 作詩易造作，難於自然。坡公嘗云「能道得眼前眞景，便是佳句。」

　　由他人的紀錄中，可見蘇軾認爲造語的取材，可以非常的廣泛，凡街談市語皆可爲對象，但要經過鎔鑄，化古生新，化俗爲雅；同時要成就獨特性、典型性的語言，不須雕琢，只要能道出眼前眞景，便爲佳作。蘇軾如此崇於自然平實，對其作品的風格大有影響。戴麗珠《蘇東坡與詩畫合一之研究》云：

> 「物我融合」之創作態度，得力於詩家鎔化之工，取境之寬廣，凡天地萬事萬物，無所不可取，無所不可用，殆端乎詩家之鎔化能力耳！……然則物我相融合之意，端乎作者取譬之功，凡自然之物象皆可入詩、入畫，直合藝術與人生爲一，以是創作之成品，自然變化無窮，歷久而彌新。

　　鎔化之工，使語言精鍊，方可促成「物我融合」之境。而取材之廣泛，取譬之巧妙正爲其輔助。方東樹《昭昧詹言》云：

> 語貴含蓄，坡公云「言有盡而意無窮，天下之至意也」。意中有景，景中有意。

　　語言精鍊，則有無窮深意，源源不斷而出。當然鍊字並非其唯一技巧，然其創作技巧，則將於本文另章討論。

　　由積學至傳神，如此的過程，要經數十年的創作經驗慢慢領悟、修正，其經過的時間雖長，但表現在創作上，則只是創作瞬間完成。

六、風格多樣化

　　達於「傳神」，作品已是極致了，然而作者會因情境、心境的不同，事物的差異，而使作品有不同的感情、思想、內容，自然也會導致不同的風格。一作家有一足堪代表個人的作品風格，已屬難得，但蘇軾在作品至傳神後，尙要求不同作品能有不同的風格，即風格應多樣化。其本人作品大致以豪放、明快、俊爽爲其基調，但除了豪放、

明快、俊爽外，有時亦有平淡自然、清麗婉約等多種風格表現。〈與二郎侄〉云：

> 凡文字，少小時須令氣象崢嶸，色彩絢爛，漸老漸熟，乃造平淡，其實不是平淡，絢爛之極也。汝只見爺伯而今平淡，一向只學此樣，何不取舊日應舉時文字看，高下抑揚，如龍蛇捉不住，當且學此。只書字亦然，善思吾言。

〈書黃子思詩集後〉云：

> 余嘗論書，以謂鍾、王之跡、蕭散簡遠，妙在筆畫之外。……獨韋應物、柳宗元發纖穠於簡古，寄至味於澹泊，……唐末司空圖，其論詩曰：「梅止於酸，鹽止於鹹。飲食不可無鹽梅，而其美常在鹹酸之外。」（《東坡續集》卷九）

〈與魯直書〉云：

> 凡人之文字，當務使平和，至足之餘，溢爲奇怪，蓋出於不得已爾。（《東坡續集》卷四）

〈送參寥師〉云：

> 新詩如玉屑，出語便清警。……頹然寄淡泊，誰與發豪猛。（《蘇軾詩集》卷十七）

〈評韓柳詩〉云：

> 所貴乎枯澹者（謂陶淵明詩），謂其外枯而中膏，似澹而實美。淵明、子厚之流是也。若中邊皆枯澹，亦何足道哉？佛云「如人食蜜，中邊皆甜」。（《東坡題跋》卷二）

〈和陶詩引〉云：

> 淵明作詩不多，然其詩實質而綺，癯而實腴。（《東坡續集》卷三）

蘇軾提到風格多樣化主張的文字極多，除上述諸例外，尚有〈書唐氏六家書後〉、〈次韻子由論書〉等〔註 14〕，皆與此一觀念有關。

〔註 14〕同上卷五。

風格之變化由絢爛而至於平淡，故開始創作時，不妨隨心所欲而意氣風發，在經過歷練後，思想、學問的增加與成熟，則使作品漸修正、改變、而入於平淡。由平淡中發出震撼人心的力量，而非枯淡無味，此即所謂的「似淡而實美」，「外枯而中膏」。如此成熟的風格，自非由單一的表現即能概括的。單一的風格稍嫌呆板，多樣化的風格則易造成波瀾壯濶的感覺。由融合通脫，寬容不拘，而至於平淡自然。蘇軾的作品，不論是那一種體裁，皆有多種的風格呈現，是其理論與創作實踐合一的表現，也是其作中充滿自我特色的原因。不過其作品中的風格類型，大部分以豪放為主，其云吳道子畫中人物乃「風落電轉，一揮而成」（〈題文勛扇面〉〔註 15〕）又云「當其下筆風而快，筆所未到氣已谷」（〈王維吳道子畫〉〔註 16〕，均是以豪放為尚。此外，其亦喜清新、平淡、婉麗等風格。其常對前人及同一時代文人的詩歌進行評論，由評論中即可以看出其對何種風格較為喜好，進而肯定表現這些風格的作者。在詩歌方面的成就，其中尤為推崇李白、杜甫、陶淵明、柳宗元、韓愈等人的詩，所具有的風格特徵〔註 17〕。除了分析不同詩人的不同風格特徵外，並強調作品不僅要風格多樣化，同時應有意外意，味外味，才有奇趣，才得雋永悠長。作品神妙，風格多樣，深具變化性，也充滿新奇感，蘇軾之文學理論，在傳神與風格多樣的配合下，更趨周嚴。

第三節　結　語

　　「文與道俱」與「傳神」，雖為兩個不同的主題，但有其共通處，如二者皆強調積學的重要，重視客觀事物的內在規律及常理，亦重視

〔註 15〕見《東坡題跋》卷五。
〔註 16〕見《蘇軾詩集》卷三。
〔註 17〕見《東坡題跋》卷二中云〈評子美詩〉、〈記太白詩二則〉、〈書退之詩〉、〈題淵詩二則〉、〈題孟郊詩〉、〈評韓柳詩〉、〈書子厚詩〉、〈書淵明詩〉、〈書樂天詩〉等。

平實自然的表達方式等皆是。但「文與道俱」以聖賢道統為思想後盾，故而表現出現實主義文風，「傳神」則要求作品神妙、天工、風格多樣，則又是浪漫主義文風的表現。現實與浪漫文風，在蘇軾看來絲毫不會互相抵觸，軾使其二者截長補短，相輔相成，既不顯說教，也不會流於虛無主義，但覺天風海雨，由字裏行間源源透出。軾以興、觀、群、怨之筆，詩、騷之情寫社會、寫人生；又以通透的思想，配合豁達的人生觀，故作品曠達，而創作理論也充分反映在作品中，故其作品較同時代文人具有多樣的創新。實則其文學理論本身即深具獨創性，有多項發前人未發的論點，如「胸有成竹」、「辭達」等，故其理論實為中國文學理論及文學批評上，一項可貴的財產。這卻也是當日蘇軾談論創作原則時始料未及的。

蘇軾之文學理論，多針對詩、文、書、畫，少見及於詞者，今日可見的不過是幾則與秦觀，袁絢的對話記錄，由這些紀錄看出其對柳永，甚至整個詞壇的淫靡詞風的譴責，而對豪放風格加以肯定〔註18〕。此外胡仔《苕溪魚隱叢話前集》卷五十九，曾引蘇軾之言云：

> 李後主詞云「三十餘年家國，數千里地山河，鳳閣龍樓連霄漢，玉樹瓊枝作煙蘿，幾曾慣見干戈？一旦歸為臣虜，沈腰潘鬢消磨。最是蒼惶辭廟日，教坊猶奏別離歌，揮淚對宮娥」，後主既為樊若水所賣，舉國與人，故當慟哭於九廟之外，謝其民而後行，顧乃揮淚宮娥，聽教坊離曲哉？

〔註18〕彭孫遹《詞藻》卷第一：秦少游自會稽入京見東坡，……坡遽云「不意別後，公卻學柳七」，秦答曰「某雖無識，亦不至是。先生之言，無乃過乎？坡云：『銷魂當此際』，非柳詞乎？」秦慚服。

俞文豹《吹劍錄》云：東坡在玉堂日，有幕士善歌，因問「我詞何如柳七？」對曰「柳郎中詞，只合十七八女郎，執紅牙板，歌『楊柳岸，曉風殘月』，學士詞須關西大漢，銅琵琶，鐵綽板，唱『大江東去』。」坡為之絕倒。

馮金伯《詞苑萃編》卷二十一云：蘇東坡「大江東去」有銅將軍鐵綽板之譏，柳七「曉風殘月」，謂可合十七八女郎按紅牙板歌之，此袁絢語也。

　　蘇軾責李後主未因家破國亡而對人民感到羞愧，雖然是針對後主此詞的內容而發，但也由如此觀點看出，蘇軾以爲詞亦應有經世治國之意，而不是狹窄的個人消極頹唐的情感發洩！可見蘇軾也賦予詞頗莊嚴的使命，正與詩、文的使命相同。其實蘇軾的文學理論，是共通於詩、文、詞、書、畫間的。其云「詩、畫本一律，天工與清新」〔註19〕，即說明不同形式的藝術作品，卻可有共同的藝術風格。細察其詞，也充分表現現實主義與浪漫主義融合，故其詞中有愜意的寫景，如〈浪淘沙〉「昨日出東城」，有穠麗婉約的閨情，如〈賀新郎〉「乳燕飛華屋」，〈蝶戀花〉「花褪殘紅青杏小」；也有深刻的懷古情操，愛國壯志，如〈念奴嬌〉「大江東去」，〈江城子〉「老夫聊發少年狂」；有淒涼的深情，如〈江城子〉「十年生死兩茫茫」、〈水調歌頭〉「明月幾時有」；更有關懷民生，類似社會寫實的作品，如〈浣溪沙〉「照日深紅暖見魚」。這些詞作，內容多變而充實，不但是婉約浪漫，也充滿現實主義的抒發。而且其詞風，是豪放與清麗二者兼而有之，此均爲其文學理論的實踐。蘇軾還爲絕大多數的詞，另立小題小序，使其詞意更加明朗，爲手法上的一大突破。由於蘇軾能充分發揮其文學理論，而對詞有諸多創新，使得其詞能在《花間》、《尊前》的夾擊下，別開豪放一派，奠定與婉約派相對立的局面，對詞壇具有開創與啓發的大功。

〔註19〕見《蘇軾詩集》卷二十九〈書鄢陵王主簿所畫折枝〉。

第三章　東坡詞之內容分類

王易《詞曲史·析派》第五云：

> 自來爲詞者，皆目之爲豔科，以爲綢繆宛轉，綺羅香
> 澤，爲詞之正宗。如明張綖謂「詞體大約有二，一婉約，
> 一豪放，大抵以婉約爲正」。然徒事婉約，則氣骨不高，且
> 輾轉相效，尤易窮迫，流爲蹈襲。

　　由王易所述，稍可見出詞體發展之大概。蓋詞自唐末興起，直至
北宋初年，一直被視爲「豔科」，其內容不外乎酒筵歌席上之娛賓遣
興之作，要不便是訴房帷閨情，怨婦離恨、羈旅幽思，流落愁苦，甚
或是秦樓楚館中的妓女悲歌。其技高者，則可謂其情致宛轉，哀深情
切；等而下之，則文辭華靡，雕琢堆砌，至於淫詞豔語，不堪入目者
均有之，已爲詞之末流。「凡有井水處，皆能歌柳詞」〔註1〕之柳永，
亦僅以其高才，作淫藝之語。詞之發展至此，使人覺得可訴之情已盡，
可遣之辭亦窮，然酒筵歌席、粉飾太平之樂聲卻仍然不斷，詞之精神
早晚要僵死在醉酒狂歌之中，故蘇軾之出現詞壇，實爲詞史上之大
幸！蘇軾的出現，大大的扭轉了詞的頹勢，其以天才與學力的配合，
以及其開濶高遠的胸襟，豐富的思想基礎，夾以逼人的氣勢，用空前
的筆墨，寫出了詞中未曾見過的豪情壯志、清操奇節，爲詞開拓了一

〔註1〕語見葉夢得《避暑錄話》。

大片疆土，供其慢慢生長茁壯！其詞內容由傳統的思婦怨女、羈旅傷懷，更擴大爲報國之志，君臣之義、夫婦之情、兄弟之愛、朋友之交、山川風景、議論說理、嬉笑詠物等內容，均於詞中大力發揮。對於詞體內容的擴大，可謂開天闢地。而且其遣辭用句，一反前人的穠麗纖艷，而出之以平淡、平實，使深情厚意、壯美山川。奧理深義，皆鼓動於筆端，躍然紙上，自然順暢，沒有一點勉強！不論是詞意或詞境，均得到擴大與提昇，胡寅《酒邊詞》序云：

> 眉山蘇軾，一洗綺羅香澤之態，擺落綢繆宛轉之度，
> 使人登高望遠，舉目高歌，而逸懷浩氣，超乎塵垢之外，
> 於是《花間》爲皁隸，而耆卿爲輿臺矣！

胡寅之語正與王易之言互相對照，實爲至評！

　　蘇軾擴大詞境與內容，達到「無意不可入，無事不可言」之境。就現存資料來看，其詞作大致共有三百五十首左右，包羅多種類型的內容。但因蘇軾學識極豐，思想感情也頗複雜，故而呈現作品時，也不是單一化的，有時同一首詞中包含了兩種，或兩種以上的內容類型，故而要爲其詞作分類，事實上並不容易達到精細與準確，但若要考較其作品之風格與技巧，則又不得不爲其作品分類。因此本文僅能爲其作一概略之分類，以作品中的主體內容作爲歸類的方向，例如〈水龍吟〉「似花還似非花」一詞，乃詠楊花，而其情致纏綿，借楊花抒閨情，眞是入木三分，但因其本質乃爲詠楊花，故歸入詠物一類。又如〈卜算子〉「缺月掛疏桐」一詞，明顯見出爲訴幽人之孤獨寂寞，情極深切，但本質乃詠孤鴻，故亦歸入詠物一類。其他作品遇有類似情形，其歸類大抵若此。本文用以分類之東坡詞，其版本以朱祖謀《彊村叢書》中收錄的《東坡樂府》爲主，以龍楡生校箋《東坡樂府箋》爲輔，分類情形如后。

第一節　抒情詠懷

　　蘇軾爲一至情至性之人，其詞爲豪放詞派的代表，但其詞雖然風

格豪放，卻具有極深摯的感情。其他婉約風格的作品，亦能用放曠之筆抒深切之情。其所抒之情，決非僅限於兒女私情、怨女思婦等狹隘範圍，而可細分頗多的類別：

一、愛國之豪情壯志

〈陽關曲〉「受降城下紫髯郎」詞云：

> 受降城下紫髯郎，戲馬臺南舊戰場。恨君不取契丹首，金甲牙旗歸故鄉。

乃寫抵禦契丹的豪情壯志。如此具有民族抗爭意識，並涉及戰爭的內容，為北宋詞中僅見。此外尚有借詠古而表其愛國報國之心者，均為創新的內容。下列諸詞皆然。

〈南鄉子〉「旌旆滿江湖」

〈河滿子〉「見說岷峨悽愴」

〈沁園春〉「孤館鐙青」

〈念奴嬌〉「大江東去」

〈江城子〉「老夫聊發少年狂」

〈浣溪沙〉「怪見眉間一點黃」

二、忠君之思

〈西江月〉「世事一場大夢」

> 世事一場大夢，人生幾度新涼。夜來風葉已鳴廊，看取眉頭鬢上。
>
> 酒賤常愁客少，月明多被雲妨。中秋誰與共孤光，把琖淒然北望。

其借秋夜淒清晦暗的月光，寫其因遭讒言陷害而被貶，故而不得在君王身邊，一展長才之慨歎！忠君之心，淒然可感。如此內容也極少見於詞中，亦可謂創舉。其他尚有：

〈水調歌頭〉「明月幾時有」

〈念奴嬌〉「憑高眺遠」

三、夫妻之情

〈江城子〉「十年生死兩茫茫」詞云：

> 十年生死兩茫茫。不思量，自難忘。千里孤墳，無處話淒涼。縱使相逢應不識，塵滿面，鬢如霜。
>
> 夜來幽夢忽還鄉。小軒窗，正梳妝。相顧無言，惟有淚千行。料得年年腸斷處，明月夜，短松岡。

此調乃悼念同安郡君之詞，孤墳與夢境均極淒冷，哀情之深可見。較一般房帷閨情，不但詞格爲高，情亦眞切。此外尚有：

〈西江月〉「玉骨那愁瘴霧」

四、兄弟之情

〈水調歌頭〉「安石在東海」詞云：

> 安石在東海，從事鬢驚秋。中年親友難別，絲竹緩離愁。一旦功成名遂，准擬東還海道，扶病入西州。雅志困軒冕，遺恨寄滄洲。
>
> 歲云暮，須早計，要褐裘。故鄉歸去千里，佳處輒遲留。我醉歌時君和，醉倒須君扶我，惟酒可忘憂。一任劉玄德，相對臥高樓。

蘇軾與其弟蘇轍友愛非常，感情深厚。此詞寫兄弟二人相約退隱之心，相扶相持之情，眞切感人。而詞中寫兄弟之情，亦爲首見。其他尚有：

〈畫堂春〉「柳花飛處麥搖波」

〈滿江紅〉「清潁東流」

〈木蘭花令〉「梧桐葉上三更雨」

五、朋友之情

蘇軾一生交友無數，不論其人品行，操守如何，蘇軾均以至誠相待。與友相聚，視爲人生一大樂事；與友相別，則離恨滿懷。故其寫與友相聚相別之詞極多，又不同於一般的酬贈唱和，而是眞情流露。如〈昭君怨〉云：

> 誰作桓伊三弄，驚破綠窗幽夢。新月與愁煙，滿江天。

　　欲去又還不去，明日落花飛絮，飛絮送行舟，水東流。

寫其夜半送客情懷，惆悵依依。詞本爲侑觴行樂而作，故多酬唱相和之作，少見如此深摯的友情。此外尚有：

　　〈清平樂〉「清淮濁汴」

　　〈行香子〉「攜手江村」

　　〈卜算子〉「蜀客到江南」

　　〈虞美人〉「湖山信是東南美」

　　〈訴衷情〉「錢塘風景古今奇」

　　〈菩薩蠻〉「娟娟缺月西南落」

　　〈江城子〉「翠蛾羞黛怯人看」

　　〈菩薩蠻〉「秋風湖上蕭蕭雨」

　　〈南鄉子〉「回首亂山橫」

　　〈泛金船〉「無情流水多情客」

　　〈南鄉子〉「東武望餘杭」

　　〈浣溪沙〉「縹緲危樓紫翠間」

　　　　　　又「白雪清詞出坐間」

　　〈定風波〉「今古風流阮步兵」

　　〈鵲橋仙〉「緱山仙子」

　　〈菩薩蠻〉「玉笙不受朱脣暖」

　　〈南歌子〉「欲執河梁手」

　　〈更漏子〉「水涵空」

　　〈醉落魄〉「分攜如昨」

　　〈永遇樂〉「長憶別時」

　　〈滿江紅〉「天豈無情」

　　〈江城子〉「相從不覺又初寒」

　　〈蝶戀花〉「簌簌無風花自落」

　　〈浣溪沙〉「一別姑蘇已四年」

　　〈浣溪沙〉「縹緲紅妝照淺溪」

〈江城子〉「黃昏猶是雨纖纖」

〈滿江紅〉「江漢西來高樓下」

〈水龍吟〉「小舟橫截春江」

〈醉翁操〉「琅然」

〈蝶戀花〉「別酒勸君一醉」

〈好事近〉「紅粉莫悲啼」

〈漁家傲〉「千古龍蟠虎踞」

〈虞美人〉「波聲拍枕長淮曉」

〈定風波〉「月滿苕溪照夜堂」

〈西江月〉「一夢江湖費五年」

〈點絳脣〉「莫唱陽關」

〈木蘭花令〉「知君仙骨無寒暑」

〈虞美人〉「歸心正似三春草」

〈臨江仙〉「一別都門三改火」

〈八聲甘州〉「有情風萬里卷潮來」

〈西江月〉「昨夜扁舟京口」

〈木蘭花令〉「霜餘已失長淮濶」

〈生查子〉「三度別君來」

〈青玉案〉「三年枕上吳中路」

〈歸朝歡〉「我夢扁舟浮震澤」

〈臨江仙〉「詩句端來磨我鈍」

又「忘卻成都來十載」

〈漁家傲〉「一曲陽關情幾許」

〈減字木蘭花〉「春光亭下」

又「天台舊路」

〈點絳脣〉「閑倚胡床」

〈如夢令〉「爲向東坡傳語」

〈臨江仙〉「誰道東陽都瘦損」

六、身世之歎

　　蘇軾一生流離，故其詞中常見流落之悲涼。且其自三十四歲後，就沒有再回到故鄉眉山，故也常借作品寄其思鄉之情。如〈醉落魄〉詞云：

> 輕雲散月，二更酒醒船初發。孤城回望蒼煙合，記得歌時，不記歸時節。
>
> 巾偏扇墜藤床滑，覺來幽夢無人說。此生飄蕩何時歇，家在西南，長作東南別。

由末三句可見出其對一生流落而不得回鄉，充滿悲歎，卻又無可奈何。只有藉詞排遣。其他尚有：

　　〈烏夜啼〉「莫怪歸心速」

　　〈減字木蘭花〉「江南遊女」

　　〈浣溪沙〉「山色橫侵蘸暈霞」

　　〈蝶戀花〉「昨夜秋風來萬里」

　　〈蝶戀花〉「雨後春容清更麗」

　　〈南歌子〉「苒苒中秋過」

　　〈醉落魄〉「蒼顏華髮」

　　〈南鄉子〉「涼簟碧紗廚」

　　〈阮郎歸〉「一年三過蘇台」

　　〈江城子〉「前瞻馬耳山」

　　〈陽關曲〉「暮雲收盡溢清寒」

　　〈醉蓬萊〉「笑勞一生夢」

　　〈滿庭芳〉「歸去來兮，清溪無底」

　　〈滿庭芳〉「三十三年」

　　〈蝶戀花〉「春事闌珊芳草歇」

七、老去無成、人生無常之感慨

　　〈西江月〉詞云：

> 三過平山堂下，半生彈指聲中。千年不見老仙翁。壁

　　上龍蛇飛動。

　　　　欲弔文章太守，仍歌楊柳春風。休言萬事轉頭空。未轉頭時是夢。

「人生如夢」的歎息，表現其對老去無成的傷感；而年華不再，更見人事無常的殘酷。但末終以豁達作結，亦是蘇軾之過人處。此外尚有

　　〈菩薩蠻〉「天憐豪俊腰金晚」

　　〈減字木蘭花〉「多情多感仍多病」

　　〈望江南〉「春未老」

　　〈千秋歲〉「淺霜侵綠」

　　〈西江月〉「莫歎平齊落落」

　　〈點絳脣〉「我輩情鍾」

　　〈點絳脣〉「不用悲秋」

　　〈臨江仙〉「九十日春都過了」

　　〈臨江仙〉「尊酒何人懷李白」

　　〈南歌子〉「見說東園好」

　　〈行香子〉「昨夜霜風」

　　〈天仙子〉「走馬探花花發未」

　　〈漁家傲〉「臨水縱橫回晚鞚」

　　〈浣溪沙〉「霜鬢真堪插拒霜」

　　〈虞美人〉「持杯遙勸天邊月」

　　〈定風波〉「與客攜壺上翠微」

　　〈南鄉子〉「霜降水痕收」

　　〈西江月〉「點點樓頭細雨」

　　〈十拍子〉「白酒新開九醞」

　　〈南歌子〉「衛霍元勳後」

八、閨怨或閨情

　　〈少年游〉詞云：

　　　　去年相送，餘杭門外，飛雪似楊花。今年春盡，楊花

似雪，猶不見還家。

　　　　對酒捲簾邀明月，風露透窗紗。恰似姮娥憐雙燕，分
明照，畫梁斜。

寫閨中人記掛遠方之人，溫婉清新，不同一般的閨情之浮艷柔媚。但
東坡詞中並非全無艷語，有些詞實亦頗不入流，非爲佳作。此類詞除
上述外尚有

〈祝英台近〉「挂輕帆」

　　　　又「露寒煙冷蒹葭老」

〈永遇樂〉「天末山橫」

〈雨中花慢〉「邃院重簾何處」

　　　　又「嫩臉羞蛾因甚」

〈賀新郎〉「乳燕飛華屋」

〈三部樂〉「美人如月」

〈西江月〉「聞道雙銜鳳帶」

〈華清引〉「平時十月幸蓮湯」

〈臨江仙〉「冬夜夜寒冰合井」

　　　　又「昨夜渡江何處宿」

〈定風波〉「莫怪鴛鴦繡帶長」

〈南鄉子〉「天與化工知」

〈菩薩蠻〉「畫檐初生彎彎月」

　　　　又「風迴仙馭雲扇開」

　　　　又「繡簾高捲傾城出」

　　　　又「玉環墜耳黃金飾」

〈浣溪沙〉「道字嬌訛語未成」

　　　　又「傅粉郎君又粉奴」

〈浣溪沙〉「桃李溪邊駐畫輪」

　　　　又「入袂輕風不破塵」

　　　　又「晚菊花前斂翠蛾」

又「風壓輕雲貼水飛」

〈南歌子〉「寸恨誰云短」

〈江城子〉「膩紅勻臉襯檀脣」

〈南歌子〉「笑怕薔薇罥」

〈南歌子〉「紫陌尋春去」

〈江城子〉「墨雲拖雨過西樓」

〈蝶戀花〉「一顆櫻桃樊素口」

又「記得畫屏初相遇」

又「玉枕冰寒消暑氣」

又「雨霰疏疏經撥火」

又「蝶懶鶯慵春過半」

〈減字木蘭花〉「曉來風細」

又「琵琶絕藝」

〈點絳脣〉「月轉烏啼」

〈虞美人〉「冰肌自是生來瘦」

〈江城子〉「玉人家在鳳凰山」

〈洞仙歌〉「冰肌玉骨」

〈菩薩蠻〉「碧紗微露纖穠玉」

〈瑤池燕〉「飛花成陣春心困」

〈水龍吟〉「小溝東接長江」

〈訴衷情〉「小蓮初上琵琶絃」

〈翻香令〉「金鑪猶暖麝煤殘」

〈一斛珠〉「洛城春晚」

〈意難忘〉「花擁鴛房」

〈虞美人〉「落花已作風前舞」

九、其他抒懷作品

除上述抒情作品外，東坡詞中尚有一些抒懷作品，不易歸類，如

〈蝶戀花〉詞云：

> 鐙火錢塘三五夜，明月如霜，照見人如畫。帳底吹笙
> 香吐麝，此般風味應無價。
>
> 寂寞山城人老也，擊鼓吹簫，卻入農桑社。火冷鐙稀
> 霜露下，昏昏雪意雲垂野。

杭州上元時繁華熱鬧，笙歌不斷，而密州上元則淒冷孤寂，由對比抒
其感慨之情。此外可謂抒懷作品者尚有

〈江城子〉「天涯流落思無窮」

〈江城子〉「夢中了了醉中醒」

〈臨江仙〉「多病休文都瘦損」

〈菩薩蠻〉「買田陽羨吾將老」

〈蝶戀花〉「雲水縈回溪上路」

〈南歌子〉「古岸開青葑」

〈好事近〉「湖上雨晴時」

〈浣溪沙〉「陽羨姑蘇已買田」

〈臨江仙〉「我勸髯張歸去好」

〈浣溪沙〉「羅襪空飛洛浦塵」

〈一叢花〉「今年春淺臘侵年」

〈浣溪沙〉「四面垂楊十里荷」

　　　　又「傾蓋相逢勝白頭」

　　　　又「畫隼橫江喜再遊」

　　　　又「西塞山邊白鷺飛」

〈南歌子〉「日薄花房綻」

〈行香子〉「清夜無塵」

〈訴衷情〉「海棠珠綴一重重」

〈謁金門〉「秋帷裏」

　　　　又「秋池閣」

　　　　又「今夜雨」

〈如夢令〉「手種堂前桃李」

在抒懷作品中，有些表現了歸隱山林的心願，如〈謁金門〉「秋池閣」即然。其他抒情作品中，有的含有一種以上的感情，如〈水調歌頭〉「明月幾時有」、〈西江月〉「世事一場大夢」，均含忠君之思與兄弟之情。而在抒情作品中開拓如此多的類別，擴大詞境。爲蘇軾對詞的開創與貢獻。

第二節　風景描繪

蘇軾天性放曠，性喜遊山玩水，加以其一生仕途不順，屢遭貶謫，故其足跡幾乎遍佈中原名勝。而凡此名勝，均入於其詩、文、詞等作中。蘇軾寫景，渾與自然相合，不須刻畫，景已生動呈現；且含有超曠的本性，達觀的人生態度，恰似陶淵明一般，已與景相融，不須細說，而神韻已具。此外，有時其寫景，並非單純寫景，而是即景說理，借景抒情，使寫景詞由純粹描繪，提昇至另一個高度。不過蘇軾始寫詞時之寫景詞，尚未臻於成熟，故寫景平淡自然，且大部份爲純粹描景。而後年歲增長，閱歷增多，故寫景詞中之情與理才轉趨深刻。早期詞如〈浪淘沙〉「昨日出東城」，即單寫春景，平實清新。至貶黃州後之詞如〈浣溪沙〉「山下蘭芽短浸溪」，則景理交融，豁達之至。各錄於后：

〈浪淘沙〉

　　昨日出東城，試探春情。牆頭紅杏暗如傾，檻內群芳芽未吐，早已回春。

　　綺陌斂香塵，雪霽前村，東君用意不辭辛。料想春光先到處，吹綻梅英。

〈浣溪沙〉

　　山下蘭芽短浸溪，松間沙路淨無泥，蕭蕭暮雨子規啼。

　　誰道人生無再少？門前流水尚能西，休將白髮唱黃雞。

東坡詞之寫景詞頗多，上述二首外，尚有：

〈南歌子〉「海上乘槎侶」

〈行香子〉「一葉舟輕」

〈瑞鷓鴣〉「城頭月落尚啼鳥」

　　　　又「碧山影裡小紅旗」

〈南鄉子〉「晚景落瓊杯」

〈望江南〉「春已老」

〈浣溪沙〉「照日深紅暖見魚」

　　　　又「旋抹紅妝看使君」

　　　　又「麻葉層層葉光」

　　　　又「蔌蔌衣巾落棗花」

　　　　又「軟草平莎過雨新」

〈浣溪沙〉「慚愧今年二麥豐」

〈南歌子〉「山雨蕭蕭過」

　　　　又「日出西山雨」

　　　　又「雨暗初疑夜」

〈漁家傲〉「皎皎牽牛河漢女」

〈少年遊〉「銀塘朱檻鞠塵波」

〈浣溪沙〉「覆塊青青麥未蘇」

　　　　又「醉夢昏昏曉未蘇」

　　　　又「半夜銀山上積蘇」

　　　　又「萬頃風濤不記蘇」

〈定風波〉「莫聽穿林打葉聲」

〈西江月〉「照野瀰瀰淺浪」

〈鷓鴣天〉「林斷山明竹隱牆」

〈行香子〉「北望平川」

〈水調歌頭〉「落日繡簾捲」

〈浣溪沙〉「千騎試春遊」

〈漁父〉「漁父飲」
　　　　又「漁父醉」
　　　　又「漁父醒」
　　　　又「漁父笑」
〈蝶戀花〉「自古漣漪佳絕地」
〈南歌子〉「山與歌眉斂」
〈減字木蘭花〉「春庭月午」
〈減字木蘭花〉「春牛春杖」
〈木蘭花令〉「元宵似是歡遊好」
　　　　　又「經旬未識東風信」
　　　　　又「高平四面開雄壘」
〈浣溪沙〉「風捲珠簾自上鈎」
〈點絳唇〉「醉漾輕舟」
〈如夢令〉「城上層樓疊巘」
〈阮郎歸〉「綠槐高柳咽新蟬」
〈調笑令〉「漁父漁父」
〈蝶戀花〉「花褪殘紅青杏小」
〈調笑令〉「歸雁歸雁」

第三節　說理議論

　　由第一章蘇軾生平中可知其自小受學於其父蘇洵及母親程太夫人，有極深的儒家觀念，故自少年即有經世致用的抱負。除了儒家思想為其思想基礎外，其尚具有佛、道二家的思想，三者相互混合。但蘇軾的儒家思想是根深蒂固的，因此其能自佛家虛幻的世界中超脫出來，也能由道家的出世轉為入世，深切關切民生。而且佛、道思想使其作品有更大的轉換空間，馳騁文思，不會因體裁的限制而顯呆板，同時也使作品充滿了浪漫色彩。由此運用入其詞中，首先於詞中表現

了議論說理。《東坡樂府箋》中夏承燾序云：

> 杜韓以議論爲詩，宋人推波以及詞。……溯其源，實出於東坡之〈如夢令〉（「水垢何曾相受」）、〈無愁可解〉（「光景百年」）。

蘇軾首於詞中議論，但其所論未必僅限於儒、佛、道家之思想，而是經過其個人的領悟，而形成的人生態度。然而儒、佛、道本身爲不同的哲學思想，故有不同的融合程度與發揮，使其思想有顯著的矛盾，有時充滿激情，奮勵有當世志；有時又充滿消極情緒，如〈西江月〉「世事一場大夢」所表露的情感，淒涼而無奈。但不論是積極或是消極，蘇軾多能充分調整自己轉爲開朗。於作品中表現其對生命的圓融觀照，對詞的內容，也是一大突破。如〈臨江仙〉云：

> 夜飲東坡醒復醉，歸來彷彿三更。家童鼻息已雷鳴，敲門都不應，倚杖聽江聲。
>
> 長恨此身非我有，何時忘卻營營？夜闌風靜縠紋平。小舟從此逝，江海寄餘生。

詞意超曠，看出其豁然開朗的胸懷，卻又隱含某些的無奈。其他尚有：

〈浣溪沙〉「長記鳴琴子賤堂」

〈滿江紅〉「東武南城」

〈南鄉子〉「不到謝公臺」

〈永遇樂〉「明月如霜」

〈南鄉子〉「帶酒衝山雨」

〈浣溪沙〉「雪裏餐氈例姓蘇」

〈滿江紅〉「憂喜相尋」

〈哨遍〉「爲米折腰」

〈漁家傲〉「些小白鬚何用染」

〈鵲橋仙〉「乘槎歸去」

〈漁家傲〉「送客歸來鐙火盡」

〈滿庭芳〉「蝸角虛名」

〈無愁可解〉「光景百年」

〈哨遍〉「睡起畫堂」

〈浣溪沙〉「門外東風雪灑裾」

又「徐邈能中酒聖賢」

又「炙手無人傍屋頭」

〈減字木蘭花〉「鶯初解語」

〈行香子〉「三入承明」

〈好事近〉「煙外倚危樓」

〈臨江仙〉「四大從來都徧滿」

〈如夢令〉「水垢何曾相受」

又「自淨方能淨彼」

第四節　記事敘述

　　以詞記事，並非蘇軾之創舉。《花間》、《尊前》中所寫即多為酒筵歌席上之樂事，或倚紅偎翠之艷事。東坡詞中亦有不少詞記歌席上事，但很少及於艷語，而多是平鋪直敘。蘇軾本為一敘事能手，由其道來，生動有趣，直如目前！除了記席上事外，也記載其時發生於其週遭之事，再者尚有古人古事，或經典故事，與晚唐、五代詞之記事多有不同，且格調較高，這才是蘇軾對記事詞的一大創舉。其記事詞如下：

〈菩薩蠻〉「玉童西迓浮丘伯」

〈雨中花慢〉「今歲花時深院」

〈蝶戀花〉「簾外東風交雨霰」

〈殢人嬌〉「滿院桃花」

〈臨江仙〉「自古相從休務日」

〈臨江仙〉「細馬遠馱雙侍女」

〈滿庭芳〉「三十三年，今誰存者」

〈定風波〉「常羨人間琢玉郎」

〈西江月〉「別夢已隨流水」

〈水龍吟〉「古來雲海茫茫」

〈浣溪沙〉「雲頷霜鬢不自驚」

　　　　又「料峭東風翠幕驚」

〈西江月〉「小院朱闌幾曲」

〈蝶戀花〉「泛泛東風初破五」

〈戚氏〉「玉龜山」

〈減字木蘭花〉「雪容皓白」

　　　　又「海南奇寶」

〈行香子〉「綺席纔終」

〈減字木蘭花〉「雲鬟傾倒」

第五節　詠物之作

　　自南朝之宮體詩興起以來，以文學作品描繪女子者，不可勝數。其中較佳者，僅描寫女子之美艷、裝飾、歌喉、舞蹈；甚者則寫女子之體態，多有不堪入目之語。詞中亦常見此類作品，艷薄至極。在《敦煌曲子詞》中已見詠物詞，如〈浣溪沙〉「海燕喧呼別綠波」為詠燕，〈望江南〉「台上月」乃詠月，〈酒泉〉「三尺青蛇」乃詠劍，〈謁金門〉「一樹澗生杉」詠杉等，皆為詠物之詞，雖然藝術手法較粗糙，但皆有為而作，不似宮體詩，只有浮艷之詞，淫褻之語。東坡詞中亦有詠物詞，且亦有詠女子之詞，但絕少作輕艷之辭。除詠女子外，尚有詠其好友之才德人品者，詠花草鳥獸者，包含極廣，觸目所及，均可取而詠之，且對詠物的境界提昇極多，寫自然界之動植物，有時簡直模擬入神。此外亦偶在詠物之中，雜入個人之感慨，使作品達到物我合一的境界，為其詠物詞之最高成就，如〈卜算子〉「缺月掛疏桐」詠鴻，〈水龍吟〉「似花還似非花」詠楊花，即是物我合一的最佳表現，此外尚有詠物詞如後。

〈南鄉子〉「寒雀滿疏籬」

〈南鄉子〉「裙帶石榴紅」

〈減字木蘭花〉「空牀響琢」

〈水龍吟〉「楚山修竹如雲」

〈洞仙歌〉「江南臘盡」

〈雙荷葉〉「雙溪月」

〈定風波〉「雨洗娟娟嫩葉光」

〈減字木蘭花〉「嬌多媚殺」

　　　　　　又「雙鬟綠墜」

　　　　　　又「天眞雅麗」

　　　　　　又「柔和性氣」

　　　　　　又「天然宅院」

〈西江月〉「龍焙今年絕品」

〈浣溪沙〉「學畫鴉兒正妙年」

〈南鄉子〉「繡鞅玉環遊」

〈水調歌頭〉「呢呢女兒語」

〈西江月〉「公子眼花亂發」

〈浣溪沙〉「芍藥櫻桃兩鬥新」

〈減字木蘭花〉「回首落景」

〈殢人嬌〉「白髮蒼顏」

〈鷓鴣天〉「笑撚紅梅軃翠翹」

〈蘇幕遮〉「暑籠晴」

〈定風波〉「好睡慵開莫厭遲」

〈南鄉子〉「冰雪透香肌」

〈菩薩蠻〉「塗香莫惜蓮承步」

〈浣溪沙〉「珠檜絲杉冷欲霜」

〈浣溪沙〉「菊暗荷枯一夜霜」

〈浣溪沙〉「輕汗微微透碧紈」

又「花漫銀塘水漫流」

又「幾共查梨到雪霜」

〈南歌子〉「紺綰雙幡髻」

又「琥珀裝腰佩」

又「雲鬟裁新綠」

〈減字木蘭花〉「閩溪珍獻」

又「玉房金蕊」

又「神閑意定」

〈虞美人〉「定場賀老今何在」

〈阮郎歸〉「暗香浮動月黃昏」

〈荷花媚〉「霞苞電荷」

〈減字木蘭花〉「雙龍對起」

〈滿庭芳〉「香靉雕盤」

〈江城子〉「銀濤無際捲蓬瀛」

第六節　遊戲之作

　　蘇軾生性豪放開朗，故而四十多年的宦海浮沉，並未使其消極頹廢，反而為中國文學史上綻放了萬丈光芒。在其遭遇挫折時，儘管也曾埋怨、沮喪，但很快的就會在一番的自我調適後，以一種達觀、理性的態度，再度面對其所面臨的問題。此外，其性喜戲謔，與朋友往來，常藉相知相交的歡樂，暫時忘卻眼前的政治困境。如此性格，使其喜於作品中以戲弄的口吻，調侃其好友，寫來生動有趣。不過有時因這些作品得罪其友而招怨，蘇軾卻不自知。

　　除了以作品取笑其友外，東坡詞中尚有一些專以文字遊戲為務的作品如集句、迴文等作，並無深意，此類作品頗受後人非議，因為此舉實有逞才使氣之嫌，不過是賣弄其駕馭文字之能力，及誇耀其滿腹文章，雖足以見出其才高識豐，可是玩弄文字於頃刻間，終非佳作。

但不論是取笑或是賣弄，對詞本身而言，蘇軾此舉實爲一大膽的表現，對於詞境的擴大，亦可視爲一端。

〈減字木蘭花〉「惟熊佳夢」

〈減字木蘭花〉「鄭莊好客」

〈殢人嬌〉「別駕來時」

〈陽關曲〉「濟南春好雪初晴」

〈定風波〉「兩兩輕紅半腮暈」

〈少年遊〉「玉肌鉛粉傲秋霜」

〈西江月〉「怪此花枝怨泣」

〈南鄉子〉「寒玉細凝膚」

又「悵望送春杯」

又「何處倚闌干」

〈菩薩蠻〉「城陽靜女何人見」

又「落花閒院春衫薄」

又「火雲凝汗揮珠顆」

又「嶠南江淺紅梅小」

又「翠鬟斜幔雲垂耳」

又「柳庭風靜人眠畫」

又「井桐雙照新妝冷」

又「雪花飛暖融雙頰」

〈南歌子〉「師家誰唱曲」

〈早羅特髻〉「采菱拾翠」

第七節　結　語

上述諸類乃是對東坡詞之內容，作一概略的分類，雖然只有六大類，然而卻包羅詞中未有的內容。舉凡倫常親情、說理談禪、道家仙思、報國志願、山川壯美、懷古念舊、歸隱之思、躬耕之望、政治期

盼、民生關懷、感時傷懷、閨閣思情、隱括前人作品、唱和酬贈、悼亡、題辭、節序等等內容，均早已見於詩、文之中，而出現在東坡詞中，對詞的內容可謂空前的突破。

　　長久以來，詞一直被視爲娛賓遣興之具。蘇軾爲詞，亦可視其爲遣興之作，然與一般人的理解有所不同。一般所謂遣興，只是享樂尋歡罷了！因此才會成爲月下花前之曲。而蘇軾則因其胸中之情，激盪得他不得不發，因爲胸中至情，故其一發，則感人肺腑！因此蘇軾所遣之興，乃遣其心中喜怒哀樂之情於詞中，經過自我調整後，尋求平靜與滿足。此亦爲佛、老思想給他的影響，而有的表現！蘇軾本人爲一性情中人，世界萬物均爲其所情鍾，是以其詞之氣勢雖頗豪曠，但傳達的感情深摯而眞切，曲折而婉轉，把詞由思歸念遠的閨房中帶領出來，放眼去看農民、漁民，甚而天下蒼生、自然萬物！因此，其詞作中充滿了社會民生與時代動盪的氣息，而其眞誠的關懷便流露其間。晁無咎曾譏評蘇軾之詞云：

　　眉山公之詞短於情，蓋不更此境耳！（王若虛《滹南詩集》引）

晁氏乃把「情」字界定於閨情、艷情，未能脫離詞的傳統範圍，故云蘇軾不寫艷情爲「不更此境」！其眼光也著實太淺短。只有如蘇軾一般，有大情大愛存於胸中，貫注於作品之內，才使詞的格調跟著提高。王若虛《滹南詩話》卷三十九云：

　　　風韻如東坡，而謂不及情可乎？彼高人逸士，正當如
　　是。其溢爲小詞而間及於脂粉之間，所謂滑稽玩戲，聊復
　　爾爾。……公雄文大手，樂府乃其遊戲，顧豈與流俗爭勝
　　哉？蓋其天資不凡，辭氣邁往，故落筆皆絕塵耳！

王灼《碧雞漫志》卷二云：

　　　東坡先生……指出向上一路，新天下人耳目。

二人均肯定蘇軾提高詞境，詞格之成就。亦由這些內容的開拓，蘇軾方能「有思接千載的情思，有視通萬里的視野」〔註3〕。

_____

〔註3〕見《東坡研究論叢》唐玲玲〈淡妝濃抹總相宜～論蘇詞風格的多樣化〉

　　由於詞之內容擴大，不同的題材便有不同的表現手法。而有時相同的題材在不同的客觀條件及個人遭際下，也會產生不同的感受。東坡學際天人，一生浮沉動盪，心情的轉變是複雜而迅速的，反映至作品中，自易造成多樣的風格與多變的技巧，這也是其充分實踐其文學理論的表現。故王灼云其指出向上一路，開創新的道路與領域，對東坡詞而言，是具有實質意義的，而此實質的意義，更具有社會作用與歷史意義，雖然，蘇軾不可能面面俱到，但他對詞的貢獻，在詞史的功勞簿上，永遠佔著一大頁的篇幅。

一文。

第四章　東坡詞的風格

第一節　詞之風格與東坡詞風概論

清王又華《古今詞論》云：

> （明）張世文（綖）曰：「詞體大略有二：一婉約，
> 一豪放，蓋詞情蘊藉，氣象恢宏之謂耳。」

明張綖首先把詞的風格分爲婉約、豪放二端。明徐師曾則據張說而加以補充，《文體明辨序說・詩餘》云：

> 論詞有婉約者，有豪放者；婉約者欲其詞情蘊藉，豪
> 放者欲其氣象恢宏。

張綖、徐師曾對詞之風格有婉約與豪放之分，宋人則名之爲本色與別格，除了表明二風格之不同外，還寓有褒貶的觀念，徐師曾亦信守，其云：

> 詞貴感人，要當以婉約爲正，否則雖極精工，終非本
> 色。非有識者之所取也。《文體明辨》

身爲北宋詞壇宗主的蘇軾，首先有意在詞壇上另闢一徑，不論評論或創作，均自覺的提倡豪放風格。南宋曾慥《東坡詞拾遺》首云其詞：「豪放風流，不可及也。」〔註1〕歷來詞評家亦以「豪放派之祖」

〔註1〕轉引自吳熊和《唐宋詞通論》。

來評論蘇軾，對其詞作雖然推崇備至，然始終以「別格」貶之。就連蘇軾門人亦然。如陳師道《後山詩話》云：

> 退之以文爲詩，子瞻以詩爲詞，如教坊雷大使之舞，雖極天下之工，要非本色〔註2〕。

《四庫全書總目提要‧東坡詞》亦云：

> 詞自晚唐五代以來，以清切婉麗爲宗，至柳永而一變，如詩家之有白居易；至蘇軾而又一變，如詩家之有韓愈，遂開南宋辛棄疾等一派。尋源溯流，不能不謂之別格，然謂之不工則不可。

足見由宋至清的詞評論者，雖大致認爲東坡詞已極天下之工，但因其風格豪放，而非婉約，故多人將之列爲別格。而蘇軾本人對詞作的要求又是如何呢？

〈答陳季常〉云：

> 又惠新詞，句句警拔，詩人之雄，非小詞也。但豪放太過，恐造物者不容人，如此快活，一枕無礙睡，輒亦得之者。（《東坡續集》卷五）

〈與鮮于子駿〉云

> 近卻頗作小詞，雖無柳七郎風味，亦自是一家。呵呵！數日前獵於郊外，所獲頗多，作得一闋（指〈江城子‧密州出獵〉），令東州壯士抵掌頓足而歌之，吹笛擊鼓以爲節，頗壯觀也。（《同前》）

〈與蔡景繁〉云：

> 頌示新詞，此古人長短句詩也。得之驚喜，試勉繼之，晚即面呈。（《同前》）

蘇軾因己詞「自成一家」，「無柳七郎風味」而自豪，且標舉「豪放」、

〔註2〕蔡絛《鐵圍山叢談》卷六云：「太上皇在位，時屬昇平，手藝人之有稱者，……舞有雷中慶，世皆呼雷大使。」蓋陳師道以舞者應爲妙齡女子展其曼妙之姿，而雷中慶以鬚眉男子而擅舞，正如東坡詞，雖皆有盛名，然總爲不宜。

「警拔」，故其乃以爲詞風豪放，是一種高明的成就，看到別人作了豪放好詞，便有模仿之意。自己若完成了一豪放詞作，便欲令東州壯士抵掌頓足而歌，感到壯觀，均可見出其以自己能作壯詞而滿足。同時其所作豪放詞，亦是針對柳永詞的纖弱風格，而有的自覺意識，有意的與柳詞不同。詞自晚唐五代以來，已成爲顯貴們佐觴遣興的工具，要不就是文人墨客倚紅偎翠的側艷之作，或者粉飾太平，或是浮華空洞。至柳永手中，對於詞的題材、內容已較開拓，且大量創新聲、制長調，使詞走出華屋綺筵，而走向民間生活。但柳詞中反映了太多其個人仕途失意的窮愁潦倒，且其爲了迎合大眾口味，用辭造句太過俚俗，陳師道《後山詩話》即云：

> 柳三變遊東都南、北二巷，作新樂府，骫骳從俗，天下詠之。

　　柳詞在這些外在、內在因素的配合下，使其詞中不是晦澀灰暗的情緒，便是不堪入目的市井趣味，氣格仍然卑下。蘇軾適於此時出現，在柳永所創新聲長調的基礎下，創作風格雋朗高亢的作品，一方面肯定了柳詞的成就〔註3〕，另一方面則對柳詞氣格卑下之弊提出針砭，以釐清詞壇風氣。故王灼《碧雞漫志》云：

> 東坡先生非醉心於音律者，偶而作歌，指出向上一路，新天下耳目，弄筆者始知自振。

陳洵《海綃說詞》亦云：

> 東坡獨崇氣格，箴規柳秦，詞體之尊，自東坡始。

　　然而，自晚唐五代至柳永，詞一直以婉約爲正宗，不論其內容爲何，皆要求字面的穠麗華美，因此對於蘇軾的豪放之舉，詞壇上不僅跟隨者少，譴責聲浪更高，直至南宋辛棄疾、劉克莊諸人才將之再度發揮與創新。

〔註3〕趙令畤《侯鯖錄》卷七云：東坡云：「世言柳耆卿俗，非也。如〈八聲甘州〉『漸霜風淒緊，關河冷落，殘照當樓。』此語於詩句不減唐人高處。」

細究詞體本身的發展歷史，豪放風格其實並不能算是婉約風格的大反動！由現今所存的敦煌曲子詞中可以發現一些亦屬風格豪放的作品，如〈定風波〉「攻書學劍能幾何」，寫文人報國殺敵的志願；〈浣溪沙〉「如是身沾聖主恩」、〈望江南〉「曹公德」，寫保國安疆的愛國精神；〈蘇幕遮〉「聰明兒」、〈望遠行〉「年少將軍佐聖朝」，則寫勇敢威武的英雄形象，其格調亦豪放而壯闊。此外如〈擣練子〉「孟姜女」、〈菩薩蠻〉「枕前發盡千般願」、〈望江南〉「莫攀我」、〈鵲踏枝〉「比擬好心來送喜」等諸作〔註 4〕，廣泛的反映民間生活百態，語言自然而不雕琢，表現純樸率真的感情；其風格雖非豪放，然亦稱得上雋朗清新，決非《花間》，《尊前》的婉麗穠艷，足見詞初起於民間時，風格與內容均多樣，富於變化。王重民《敦煌曲子詞集序》云：

> 邊客遊子之呻吟，忠臣義士之壯語，隱君子之怡情悅
> 志，少年學子之熱望與失望，以及佛子之贊頌，醫生之歌
> 訣，莫不入調，其言閨情與花柳者，尚不及半。

敦煌曲子詞中具有多種內容與風格，但發展至晚唐五代，則把詞狹窄化了，只大力發展了民間詞中的一小部分。至北宋初，范仲淹與王安石二人亦曾從事豪放詞的創作〔註 5〕，但未產生影響力，故亦未蔚為潮流，至蘇軾從事詞的創作，才奠定了豪放詞的地位。前文已整理歸納過蘇軾的文學理論及東坡詞的分類，由東坡詞取材廣泛，立意要與柳詞不同，表現開創改革的精神諸事上，可知蘇軾於詞的創作上，能充分實踐其理論，使作品呈現了多種內容與多變的風格，在詞原有的規矩法度下，更突出了豪放風格，因此東坡詞不僅增加了詞的廣度，也深化了詞的內涵。

東坡詞豪放，使歷來評詞之人對其頗有微詞，但亦有主詞先有豪

〔註 4〕以上諸詞俱見於任二北著《敦煌曲校錄》。並請詳參《唐宋詞的風格學》。（木鐸）

〔註 5〕范仲淹〈漁家傲〉「塞下秋來風景異」，王安石〈桂枝香〉「登臨送目」，均為豪放佳作。詳見於龍瑜所編著之《唐宋名家詞選》。（宏業）

放風格者，劉熙載《藝概》云：

> 太白〈憶秦娥〉，聲情悲壯。晚唐五代，惟趨婉麗。至東坡，始能復古。後世論詞者或轉以東坡爲變調，不知晚唐五代乃變調也。

夏承燾《唐宋詞論叢》云：

> 案詞之初體，出於民間，本與詩無別，文士之作，……亦近唐絕，非必以婉麗爲主。至晚唐溫庭筠能逐絃吹之音，爲側艷之詞，始以梁陳宮體，桃葉團扇之辭當之，若尋源溯流，詞之別格實是溫而非蘇，提要之論（四庫提要），適得其反。惟後來花間，尊前之作，專爲應歌而設，歌詞者多女妓，故詞體十九是風情、調笑，因此反以蘇詞爲別格變調，比爲教坊雷大使之舞，「雖工而非本色」，此宋代以來論詞之偏見也。

　　劉、夏二人均以爲豪放詞方爲詞之本原，故蘇軾非詞之革新家，而是復古家。其實論詞不必如其二人所謂「婉約方爲別格變調」，因爲由敦煌曲子詞中，明顯可見詞自發展之初，豪放與婉約二種風格即已並存，但造語用字較質樸，而至蘇軾才大力發展豪放詞風時，婉約詞風早已在詞壇上氾濫成災，故以蘇軾爲豪放詞祖，是合乎事實的！如此來看東坡詞，也就不會再執拗於豪放與婉約，本色與別格之辯了！而能由東坡詞本身的文學價值、藝術價值來肯定其成就。

　　蘇軾自幼深受儒家思想薰陶，故其一生均懷有報國濟世之志，其詩、文、賦中常有諷刺時政，憐憫蒼生之語，詞作中雖然較少，然亦可見，如其農村詞即然。且均非以說教方式而論，而是出之以個人至誠的關懷，尤其是詞作，可謂全以「深情」爲其中心點。其詞作風格不論是婉約或豪放，均以「情」出發，而後以雄健的筆力、壯濶的氣勢，描繪美麗的山河，並鋪敘開展其所欲抒發、敘述的情與事，故究其詞之內容，實爲抒情，但所呈現出來的卻是豪邁雄壯的樂章，使人一見心神大動，隨之鼓舞！本來蘇軾即爲一鍾情之人，又生性曠達豪

爽，因此婉約詞風本適合其抒發纏綿情致，而豪放詞風則是其不能自己的表現。如〈江城子〉「十年生死兩茫茫」、〈西江月〉「世事一場大夢」、〈木蘭花令〉「霜餘已失長淮灝」、〈八聲甘州〉「有情風萬里卷潮來」等作，不論其所述爲君臣之思，或夫妻之情，或兄弟之愛，或朋友之義，或是對生命、宇宙的慨歎，均是極爲主觀的個人感情，爲其個人堅持，配以曠達率眞的性格，懂得調適自己的心態，生活方式，故作品中表達出其對生命有一份圓融通透的觀照。也正由於其感情爲其個人化的表現，也反襯出其與大眾的溝通不足之處，尤其是與一般的顯貴交往，更是如此！其個性極爲率眞，據《悅生隨鈔》云

　　　蘇子瞻泛愛天下士，無賢不肖歡如也，嘗言：「上可陪玉皇大帝，下可陪卑田院乞兒。」子由晦默少許可，嘗戒子瞻擇友，子瞻曰：「眼見天下無一個不好人，此乃一病。」（見《宋人軼事彙編》）。

　　蘇軾泛交天下之士，但無擇友觀念，對朋友的人品操守不能完全掌握，均天眞的以爲所交皆爲好人，此即其認識不清，溝通不足之過，故趙翼《甌北詩話》云：

　　　東坡襟懷浩落，中無他腸，凡一言之合，一技之長，輒握手言歡，傾蓋如故，而不察其人之心術，故邪正不分，而其後往往反爲所累。

　　蘇軾識人不明，雖爲率眞本性使然，終究是一大弊病。此外，其率眞尚表現在不以災厄爲意之上，例如其因烏臺詩案入獄〔註6〕，雖

〔註6〕王文誥《蘇文忠公詩編註集成總案》卷十九云諸案：元豐二年己未……至是（六月）何正臣、舒亶、李定、李直之摭公詩文表，語祖述沈括之謀孽，且舉冊以進神宗，欲申言者，路送御史臺根勘。二十八日臺吏皇甫遵到湖迫攝，公就逮，惟邁徒步相隨，郡人送者而泣。權州知事祖無頗等皆畏避，親故皆驚散，獨王適、王遹不去，送於郊外。……八月渡江至揚州，……十八日赴臺獄，太子少師致仕張方平，吏部侍郎致仕范鎮上疏論救，子由乞納在身官贖兄罪，皆不報。詔張璪、李定推治以閒勘，……定鞫獄，必寘公死，公度不能堪，死獄中，不得一別子由，授獄卒梁成遺二詩。十月勘狀上，十五日追交往承受詩文人數。閒奏慈聖違豫中聞之，諭曰：「嘗憶仁宗以制科，得軾兄弟甚

終經赦免，亦屬九死一生。烏台詩案乃因其詩作而起禍，故其出獄之後，應謹言慎行，以免口舌招禍，然其竟又爲詩云：「却對酒杯疑是夢，試拈詩筆已如神，此災何必深追咎，竊祿從來豈有因？」足見其警惕之心實不足。率眞如此，亦爲罕見。故而有其獨特的風格〔註7〕表現。作品風格本來即爲作者的思想情感、胸襟懷抱、文學素養的綜合體，除此而外，取材、語言、表現手法均左右了風格的呈現。蘇軾爲人超曠，處處關懷民生，創作時則隨興而發；而傾向社會化的題材與懷抱，本即較易產生風格豪邁作品，同時這也是東坡詞中充滿本我的原因。王國維《人間詞話》云：「東坡詞不隔。」即因東坡詞中有蘇軾本人躍動的生命，千變萬化的世界觀，亦使其常有不同的感觸，酸甜苦澀，兼而有之，能盡天下萬物，人間萬事，故作品個性分明，爲東坡人格再現。葉恭綽云：

　　　蓋東坡詞，純表其胸襟見識，情感興趣者也。（龍本之

《東坡樂府箋序》）

龍沐勛則云：

　　　蘇詞充分表現個性。

　　蘇軾雖爲豪放詞之祖，然其詞作中，婉約作品亦多見。實則婉約派的作品中，亦有不以淫靡浮華爲表現，而能情致深刻、造語平實，

　　喜，謂與子孫得兩宰相，今聞軾以作詩繫獄，得非小人中傷之擄，至於詩，其過微矣。吾疾勢已篤，不可冤濫致傷中和。」神宗涕泣受命。……十一月（軾）作御史臺榆槐柏竹詩。三十日具獄，上差陳睦錄問。十二月錄問無異，準法會赦當原。於是群小力爭，乞不赦，并論張方平、司馬光、范鎮等罪當誅，欲盡陷於法。鍛鍊久不決，會吳充、章惇爲營解，而神宗亦憐之，忽一日，禁中特遣馮宗道覆案，獄遂定。二十九日，公準勅責授檢校尚書水部員外郎，充黃州團練副使，本州安置，不得簽書公事。

　　　烏臺詩案爲時共四個月又十二日，《宋史》與《東坡墓誌銘》亦載其事。至於與烏台詩案有關之詩文則詳見於宋蜀人朋九萬錄東坡下御史獄公案附以初舉發章疏及謫表章表、詩詞等而成之《烏臺詩案》（收錄於函海第六函）。

〔註7〕《蘇軾詩集》第十九〈十二月二十八日，蒙恩責授檢校水部員外郎黃州團練副使，復用前韻二首〉。（學海本）

使作品清新爽朗、纏綿動人者，秦觀之作即然〔註8〕。豪放風格表現陽剛之美，婉約風格則表現陰柔之美，只要達到要求即為傑作，又何必汲汲於本色別格之不同？且東坡詞中多的是婉約與豪放二風格於同一作品中互相滲透出現，亦可說明婉約與豪放並非截然可分的兩種風格。以下即就東坡詞的風格特色作一詳述，以明其詞風真貌。

第二節　東坡詞中的豪放風格

東坡詞的基調為豪放，其所謂豪放乃是指縱筆恣意，直抒胸懷之意，情之所至，全部外放至作品中，感情雖深摯，却能如蜻蜓點水，旋點旋飛，而非一往不復，囿於感情而自苦。蘇軾仕途困頓，儒道思想的融會貫通，使其有極大的使命感，但抱負不得伸展，使其作中難免帶有虛無、消極、甚而憤慨的語調，假如蘇軾只是如此深自為苦，則其詞的表現，最好也不過如柳永所寫的羈旅鄉愁一般，只是個人情緒的無奈發洩，就算不減唐人高處，境界也僅止於此！而蘇軾之所以為蘇軾，可貴處即在於擺脫愁苦，終以豁達大度來看待人生世事，表現了不避風雨陰晴的意念，也充分反映其安時順處的人生態度。故其雖有「一肚皮的不合時宜」〔註9〕，却處之以坦蕩。因此不同的生活諸事，使其創作時，呈現了不同的風格變化：

一、豪邁雄渾

據朱祖謀《彊村叢書》中，所收錄並編年的《東坡樂府》，蘇軾第一首詞作是熙寧五年，其三十七歲通判杭州時所作之〈浪淘沙〉「昨日出東城」，在此之前未有蘇軾詞作的紀錄。蘇軾學究天人，詩文早

〔註8〕張炎《詞源》云：「體制清雅，氣骨不衰，清麗中不斷意脈，咀嚼無滓，久而知味。」秦觀詞〈踏莎行〉「霧失樓台」一闋即然。

〔註9〕宋費袞《梁溪漫記》云：東坡退朝，食罷，捫腹徐行，顧謂侍兒曰「汝輩且道是中有何物？」一婢遂曰：「都是文章」，坡不以為然，又一人曰：「滿腹都是識見」，坡亦未以為當，至朝雲搉乃曰：「一肚皮不合時宜」。坡捧腹大笑。

有盛名，但至三十七歲方爲詞，此乃因詞體本身的傳統爲側艷小詞，專爲應歌或筵席而作，對於懷有雄心壯志的少年蘇軾而言，是無暇爲之的。直至其通判杭州，政治失意的打擊，杭州山水的旖旎風情，秀麗景色，激發其藉詞以抒發的意興，就此點而言，詞確實爲遣興之具，乃爲遣心中不快以求興，而非歌席上的恣意歡樂。然因通判杭州時乃初次嘗試爲詞，故其體製，技巧均不夠成熟，且多爲小令，其風格亦承宋初風格，較爲婉約，尚未形成明顯的個人風格，然於寫景，抒懷中，只見平實自然的描寫鋪敘，沒有亭台樓閣，亦無軟語呢噥，較之《花間》諸作要來得典雅，已有文人詞之風，足見蘇軾始作時，即有意在風格上，突破當時詞壇窠臼的企圖。而其詞作眞正稱得上已具成熟的豪放風格者，乃是熙寧八年在密州所作〈江城子·密州出獵〉：

> 老夫聊發少年狂，左牽黃，右擎蒼，錦帽貂裘，千騎卷平岡。爲報傾城隨太守，親射虎，看孫郎。
>
> 酒酣胸膽尚開張，鬢微霜，又何妨。持節雲中，何日遣馮唐。會挽雕弓如滿月，西北望，射天狼。

全詞充滿豪氣干雲。蘇軾以出城狩獵、群眾跟隨作爲鋪敘的起點；壯盛的場面，在詞人的心中轉化成激烈的戰爭，想像是一支訓練精良的軍隊，正與入侵的遼國軍隊展開廝殺，衛疆護土；同時對歷史人物的景仰，更強化了這種氣氛，因此全詞寫來英氣勃發，筆力雄健，感人的張力極爲飽滿，撼人心弦；且其造語用字極爲精鍊，故但見忠壯之心，而不覺粗俗率易，實爲其詞中首見的豪放佳作，故其於此詞完成後，自得的寫了一封信給鮮于子駿，以發洩其自豪之情（見前引）。

在此詞之前，蘇軾亦有他作表現此種風格，其中尤以〈沁園春，赴密州，早行，馬上寄子由〉一闋，可視爲其詞由小令至長調，由婉約至豪放的過渡作品，詞云：

> 孤館鐙青，野店雞號，旅枕夢殘。漸月華收練，晨霜耿耿，雲山摛錦，朝露團團。世路無窮，勞生有限，似此

區區長鮮歡。微吟罷，憑征鞍無語，往事千端。

　　當時共客長安，似二陸初來俱少年，有筆頭千字，胸中萬卷，致君堯舜，此事何難。用舍由時，行藏在我，袖手何妨閒處看。身長健，但優游卒歲，且鬥尊前。

　　在詞上片充滿了一片清冷孤寂的氣氛，在微寒的晨光中，引起了蘇軾細想從頭的感慨；轉至下片，氣氛有了很大的轉變，寫其與弟轍的少年壯志，有滿懷的自信與抱負，深信可與陸機兄弟一般，名動京城，且必能有一番了不起的作為，與上片清冷的感覺相對照，突出了下片兀傲自滿，也隱隱透露壯志難伸的感慨。言辭直接而激越，雖洋溢著豪邁奔放之氣，但因太過放縱，未經深思，故沒有經過收斂後的深度，顯得率易粗豪，以致於有人甚至以為此詞根本非出自蘇軾之筆，最著者為元好問，《元遺山文集》云：

　　　　東坡樂府集選引，……就中野店雞號一篇，極害義理，不知誰所作，世人誤為東坡。……如「當時共客長安，似二陸初來俱少年，有筆頭千字，胸中萬卷，致君堯舜，此事何難。用舍由時，行藏在我，袖手何妨閒處看」之句，其鄙俚淺近，叫呼街鬻，殆市駔之雄，醉飽而後發之，雖魯直家僕且羞道，而謂東坡作者，誤矣！

其實本詞只是蘇軾抒發一時激奮的情緒，下筆之時，並未深究其欲如何編排材料，造句，純粹直抒胸臆，憑此一時意興而作之詞，自不免有所失，由此亦可看出東坡詞的豪放表現，是多麼的真實！而且此時的東坡詞尚未形成完整而成熟的風格，有此瑕疵也無可厚非；再者本詞前有蘇軾小序，為詞動機十分明白，元好問喜愛推崇東坡詞，而以為東坡詞中不應有缺失，只是個人感覺與情緒化的表現，無確實證據，反有臆測之嫌。

　　筆勢的超勁拔，為東坡詞的一大特色，其己以筆力奇健，馳騁挺拔為尚，同時筆力勁健亦正是豪放詞形成的一個原因，但有時不免有率易之弊。而其因烏臺詩案被貶黃州之後，其豪放詞的成就臻於顛

峰，超越了〈江城子‧密州出獵〉一類詞作的境界，造就了更開闊、更雄渾的氣勢，一枝健筆，縱橫全篇。陸游《渭南文集》云：

> 試取東坡諸詞歌之，曲終，覺天風海雨逼人。

蘇軾自己亦有詞云「銀河波浪，尚帶天風海雨」﹝註10﹞，「天風海雨」四字，不僅表示他一生仕途的經歷，也正可為其詞作最好的註腳。在此類作品中，登峰造極的作品，自非〈念奴嬌‧赤壁懷古〉一詞莫屬，其詞云：

> 大江東去，浪淘盡、千古風流人物。故壘西邊，人道是，三國周郎赤壁。亂石崩雲，驚濤裂岸，捲起千堆雪。江山如畫，一時多少豪傑。
>
> 遙想公瑾當年，小喬初嫁了，雄姿英發。羽扇綸巾談笑間，強虜灰飛煙滅。故國神遊，多情應笑我，早生華髮。人間如夢，一尊還酹江月。

此豪放詞千古以來無出其右者，傳唱歷久不衰。但陳師道仍不免對其有雷大使之比，後人亦有鐵綽板、銅琵琶之譏，足見詞壇對此詞真是又愛又恨，益發顯出此詞之不朽處。在此詞中，蘇軾藉詠懷歷史，描繪江山來表達個人的壯志；周瑜的英雄形象，在山河的烘托下已見雄偉，蘇軾的感歎、傷懷，更突顯了周瑜的英姿煥發，彷彿就要由字裏行間躍出一般，兩相比對的效果，強調了蘇軾因不得志，而有華髮早生的蒼涼悲歎，但又由此悲歎中調適自我，擺脫愁苦的藩籬，表現出積極進取的意念。故全詞充滿雄渾勁健的氣勢，在雄壯的聲勢下，是一顆熱切而至誠的心，深情與壯志，由筆鋒下源源透出，更加深了雄渾的程度，決非一般詠史懷古的詩詞可比。在以橫槊氣概刻畫下的古代英雄形象中，寄託其建立功業，振興國勢的渴望，故氣象恢宏，非他人可及。王世貞《藝苑卮言》云：

> 昔人謂銅將軍，鐵綽板，唱蘇學士大江東去。……然學士此詞，亦自雄壯，感慨千古，果令銅將軍於大江奏之，

﹝註10﹞《東坡樂府》卷一〈鵲橋仙‧七夕送陳令舉〉「緱山仙子」。

必能使江波鼎沸。

使江波鼎沸，激越著千古的感慨，其氣象的雄渾不喻可知。蘇軾有此千古佳作，除其本學身養之外，所處環境也具有極大的催化作用。黃州赤壁雖非三國時代的歷史戰場〔註11〕，但相同的地名引起他豐富的聯想，滾滾長江激盪著歷史，英雄人物的戰功，與個人的仕途遭遇，均在其心中產生極大的迴響，一股沉鬱的情感不得不予以宣洩，因而下筆立成佳作。此實屬偶然天成，使蘇軾再作，未必有此佳績。故此淋漓痛快之豪語，足為千古絕唱。

此外氣勢雄渾豪邁之作，尚有如〈南歌子〉「苒苒中秋過」、〈南鄉子〉「旌旆滿江湖」、〈菩薩蠻〉「天憐豪俊腰金晚」、〈陽關曲〉「受降城下紫髯郎」，〈西江月〉「世事一場大夢」等作，或訴報國之願，或剖析民族抗爭，或抒發憤懣之情，或寫壯志難報酬之慨，皆情感眞摯，且俱感豪邁俊爽。而〈水調歌頭〉「明月幾時有」，寫兄弟之情與君臣之思，格局開展跨越天上人間，發語豪壯，情感深摯，境界益見壯大。〈水調歌頭・黃州快哉亭贈張偓佺〉「落日繡簾捲」，寫快哉亭的景色，及其因景而觸動的感情，俊逸生風，浩然之氣綿延不斷。〈歸朝歡〉「我夢扁舟浮震澤」，氣象亦磅礴。此外尚有〈水龍吟〉「小溝東接長江」、〈滿庭芳〉「蝸角虛名」等，此些作品不論敘身世感慨，自然風物、朋友之情、談論哲理等，均以超邁胸襟，清健筆力貫注全篇，眞是天縱英豪！作品中除了表現蘇軾的人生態度，其思、其情、

〔註11〕蘇軾所云赤壁應指江夏西南二百里之赤壁，而非三國時位鄂州蒲圻縣之赤壁。蘇軾本人之詩集雜記也曾提及，所謂赤壁應有三處，不知何者孰是。可詳參張德瀛《詞微》卷五云：曹操入荊州，孫權遣周瑜與劉先主並力拒操，遇於赤壁，操軍敗走，蓋鄂州蒲圻縣地。《水經》「湘水從南來注之」，酈注謂「江水右逕赤壁山北，周瑜與黃蓋詐魏武大軍處所，即此地也」。蘇文忠赤壁懷古詞在黃州作。黃之赤壁，又名赤鼻磯，非周瑜所戰之地。公詞云「故壘西邊，人道是，三國周郎赤壁」。當日訛傳既久，故隱約其辭耳。顧起元《赤壁考》謂漢陽、漢川、黃州、嘉魚、江夏皆有赤壁。屬嘉魚者，宋謝枋得猶於石崖見赤壁二字云。

其感，亦極深中人心。

二、超曠豁達

王國維《人間詞話》云：「東坡之詞曠。」蘇軾不僅處世曠達，作品中也充分表現此一風格。由其性情與平生際遇來看，可知其對於任何事均平常視之，決不會因困境而自怨自艾，亦不容作繭自縛，消極頹唐，處處顯出在自我調適之後，寬容處世的哲學，因此作品風格亦曠達，常給人「柳暗花明又一村」的驚喜。如此作品尤以其被貶黃州之後居多，生命中的風暴更堅定其不隨俗的信念，如此觀念〈定風波〉一闋中，表現最爲透徹，其小序云：

> 三月七日，沙湖道中遇雨，雨具先去，同行皆狼狽，
> 余獨不覺，已而遂晴，故作此。

由小序看，其爲詞的動機，似乎只是單純的紀事紀遊，但細味其詞，方知其中有極深的人生哲理，其詞云：

> 莫聽穿林打葉聲，何妨吟嘯且徐行。竹杖芒鞋輕勝
> 馬，誰怕？一蓑煙雨任平生。
> 料峭春寒吹酒醒，微冷，山頭斜照卻相迎。回首向來
> 蕭瑟處，歸去，也無風雨也無晴。

蘇軾「沙湖道中遇雨」的生活小事，引發其心中幕天席地的淡泊情懷，「也無風雨也無晴」的心態，更顯出其不避陰晴，不爲禍福所動搖的政治態度。生命觀的圓融，使其恬逸，造語清空，聲情超脫，但詞中的風雨，也確實隱含了蘇軾個人心中的傷痛、憂慮，但其亦終能超越自我，而以清曠的態度接受。本詞亦是佳評如潮。鄭文焯《手批東坡樂府》云：

> 此足徵是翁坦蕩之胸懷，任天而動。句亦瘦逸，能道
> 眼前景，以曲筆寫胸臆，倚聲能事盡矣！

〈八聲甘州·寄參寥子〉則較爲豪曠，詞云：

> 有情風萬裡卷潮來，無情送潮歸。問錢塘江上，西興
> 浦口，幾度斜暉？不用思量今古，俯仰昔人非。誰似東坡

老，白首忘機。

> 記取西湖西畔，正春山好處，空翠煙霏。算詩人相得，如我與君稀。約他年東還海道，願謝公雅志莫相違。西州路，不應回首，為我沾衣。

蘇軾以其靈氣仙才，開徑獨往，寫此詞真有如波濤澎湃，激昂排宕，而如此壯闊的氣勢，乃以其深情來融注、飽滿，也以深情來點染江山，訴說古今感慨，朋友分別之恨，在此中透露其與世無爭的高尚情操，勝景與深情充分融會，故真情流露，且風神豪曠，格調開朗，筆勢突兀崢嶸，把詩文中那種波瀾橫生，屈展自如的筆力帶入詞中。鄭文焯對此詞至為嘆服，《手批東坡樂府》云：

> 突兀雪山，卷地而來，真似錢塘江上看潮時，添得此老胸中數萬甲兵，是何氣象雄且傑！妙在無一字豪宕，無一字險怪，又出以閒逸感喟之情，所謂骨重神寒，不食人間煙火氣者，詞境至此觀止矣！

此外如〈浣溪沙〉「山下蘭芽短浸溪」一詞，由溪水西流，蘭芽初生而參悟出：人生雖然並不長久，然而只要心中沒有芥蒂，不執著於生老病死，則四處逢春。〈漁家傲〉「千古龍蟠虎踞」，則是凌空俯視萬物，其氣概非凡，亦別有神采。〈臨江仙‧夜歸臨皋〉「夜飲東坡醒復醉」，亦胸懷大度，意象不凡。〈河滿子‧湖州寄馮當世〉「見說岷峨悽愴」，反映邊防與民族矛盾的問題，寫來放曠豪縱。〈滿江紅〉「東武南城」，含說理於其中，表現與人無爭之人生態度，清壯頓挫，亦曠達之至。〈滿庭芳〉「三十三年」，則寫飄流一生，空自老去而無成，此時故人相逢，憶及故都，好不悲愴，但發語豪曠，情更深厚，周煇《清波雜誌》云：「居士詞豈無去國懷鄉之感，殊覺哀而不傷。」正是如此。

蘇軾詞中屬曠達風格者，大致可看到通透的人生哲學，即使是生活中一件小事，其亦能寫出深刻的哲理；其領悟出任天而動，窮通不必均滯於心的真諦，使其處世包容，因此其詞中不僅抒發個人感情，

同時也給予他人思想的空間。《唐宋詞的風格學》云：

> 別的詞人只是用自己的感情去擁抱人生，而東坡卻還
> 能用理智去思考著他們，所以，在情深的基礎上，東坡又
> 向著思深的方向發展著。情深，使他能夠「入乎其中」地
> 深入到生活之中，而思深卻又使他能夠「出乎其外」地反
> 省，體察著生活。前者使他的詞風「沉著」，後者又使他的
> 詞風「飄逸」〔註12〕。

沉著與飄逸正是其豪曠詞的特色，而思深與情深的結合，亦幾乎見於
其各類體裁的作品中。

三、虛無浪漫

　　東坡詞造語豪放雄渾，直抒胸臆，任其思想情感，上天下海般的
遨遊，故神思妙想源源不斷，如此筆致下，自然極易營造成一股濃郁
的浪漫氣氛，使其詞不但具有天馬行空之勢，且亦有出神入化的浪漫
綺思，虛無縹緲，教人讀後也有飄然欲仙，翩然飛昇的感覺。蘇軾是
第一個表現鮮明浪漫主義的詞人，膾炙人口的中秋詞〈水調歌頭〉即
然，其詞云：

> 明月幾時有，把酒問青天。不知天上宮闕，今夕是何
> 年。我欲乘風歸去，又恐瓊樓玉宇，高處不勝寒。起舞弄
> 清影，何似在人間。　　轉朱閣，低綺戶，照無眠。不應
> 有恨，何事長向別時圓？人有悲歡離合，月有陰晴圓缺，
> 此事古難全。但願人長久，千里共嬋娟。

　　蘇軾藉著朦朧醉意，看著皎潔明月，滿懷出世與入世的矛盾掙
扎！天上宮闕華麗非凡，但總不免有不勝寒之恐懼，人間卻又紛擾萬
端。明月本來無恨，卻有陰晴圓缺，且總在月圓時分，教隔兩地的
人遙相思念，因此明月的圓缺，實亦如人世的悲歡離合，教人無從相
避與改變！在如此的掙扎後，蘇軾終究選擇了入世。其馳騁著萬馬奔

〔註12〕參《唐宋詞的風格學》頁131

騰的想像力，飛馳在飄然欲仙的天上人間，而對人間的熱愛追求，戰勝了對天上的嚮往，因此在悲喜相尋之後，其人生智慧有了更新的界定與超越！遠離京城、兄弟相隔之苦，並未使其深陷，反而有了更多的了悟，靠著一片月色，傳達千里相思，耿耿忠心。由月下懷人，月的圓缺，想到人生離合不定，而歸結到對現實人生的期望。故而《歲時廣記》引《古今詞話》云：

> 神宗讀至「瓊樓玉宇，高處不勝寒」，乃嘆曰：「蘇軾終是愛君」，乃量移汝州。

足見此詞感人之深。且理智與情感、議論與想像浸透著曠達的性格，完整塑造其熱愛生活的自我形象。詞調高昂雄偉，歷來佳評亦極多，王闓運《湘綺樓詞選》云：

> 人有三句，大開大闔之筆，他人所不能。

鄭文焯《手批東坡樂府》云：

> 發端從太白仙心脫化，頓成奇逸之筆。

張炎《詞源》云：

> 此詞清空中有意趣，無筆力者未易到。

此詞洋溢著仙氣遐想，忠愛之思貫穿其中，惻然動人，曲折深婉而又空靈蘊藉，蘇軾本人主張作品風格多樣化，而此即兼具豪曠、浪漫、纏綿婉轉等風格，正是其對理論的最佳實踐。此外〈戚氏〉詳敘穆天子與西王母事，雖本於《山海經》，但見其浩瀚波濤，捲地而來，充滿了浪漫仙思，場面豪邁壯闊。〈念奴嬌・中秋〉「憑高眺遠」，以謫仙之語寫中秋心情，透過神話展開幻想，亦見仙人羽翼翩然來去！〈水龍吟〉「古來雲海茫茫」，則有仙人俯視凡塵之勢，〈滿庭芳〉「歸去來兮」，藉浪漫氣氛寫其入世之深，但有平地風波，世俗牽累的慨嘆！〈水龍吟〉「小舟橫截春江」，〈永遇樂〉「明月如霜」，均寫夢中景，前者更為夢中夢。而後者藉夢中景出佳人事，造境空靈，筆力超宕！再由佳人事肯定自我的價值是永恆的，亦見曠達。〈漁家傲〉「千古龍蟠虎踞」，以萬鈞筆力，展現神仙風采，足見東坡詞中，豪放與

浪漫二種風格是並存的。

四、平淡自然

　　蘇軾善於敘事、寫景，更善於以山川風貌，生活諸事寄其感慨萬端。其心甚喜李白、陶淵明之詩，作品亦見李白的超逸，淵明的清淡，使人有遠離塵囂的清新暢快感。謂其作品平淡，並非枯淡無味，其乃一情深、思深、慨深之人，但創作時不願雕琢，完全出自真心，故似淡而實深，在平實自然的文字下，有「幽咽怨斷」的感情〔註13〕，透出清新高遠的韻味，此正與其「似淡而實美」，「外枯而中膏」，「似淡而實腴」的文學理論相合。在北宋詞壇的一片鶯聲燕語中，蘇軾此類作品真足以使人心志清明，故樓敬思云：

　　　　東坡老人故自靈氣仙才，所作小詩，衝口而出，無窮
　　　清新。(《詞林紀事》引)

此者如《永遇樂》云：

　　　　明月如霜，好風如水，清景無限。曲港跳魚，圓荷瀉
　　　露，寂寞無人見。紞如三鼓，鏗然一葉，黯黯夢雲驚斷。
　　　夜茫茫、重尋無處，覺來小園行遍。　　天涯倦客，山中
　　　歸路，望斷故園心眼。燕子樓空，佳人何在？空鎖樓中燕。
　　　古今如夢，何曾夢覺，但有舊歡新怨，異時對黃樓夜景，
　　　為余浩歎！

　　夢中是朦朧迷離的秋夜，醒後則是今昔對比的感慨，筆致清爽平淡，懷古惜今，更對未來有更多的期待，吐露了「為我浩歎」的自負，寄激情於平淡之中，鄭文焯《手批東坡樂府》云：

　　　　公以「燕子樓空」三句語秦淮海〔註14〕，殆以示詠古

─────────────────

〔註13〕夏敬觀《手批東坡詞》云：「東坡詞如春花散空，不著跡象。使柳枝
　　　歌之，正如天風海濤之曲，中多幽咽怨斷之音，此其上乘也。若夫
　　　激昂排宕，不可一世之慨，……乃其第二乘也。
〔註14〕王世貞《藝苑卮言云》：東坡問少游別作何詞？秦舉「小樓連苑橫空，
　　　下窺繡轂雕鞍驟」，坡曰：「十三個字，只說得一個人騎馬樓前過。」
　　　秦問先生近著，坡云：「亦有一詞說樓上事」，乃舉「燕子樓空，佳

之超宕，貴神情，不貴迹象也。……昨賦吳小城觀梅《水龍吟》，……自信有清空之致，……以此視舊錄吳小城詞，竟有仙凡之別！

劉熙載《藝概》云蘇軾具「神仙之姿」，其「豪放之致，則時與太白為近」，故東坡詞中常見仙氣飄飄，平淡自然外，別有空靈之致。又〈西江月〉云：

> 照野瀰瀰淺浪，橫空隱隱層霄，障泥未解玉驄驕，我欲醉眠芳草。

> 可惜一溪風月，莫教踏碎瓊瑤，解鞍敧枕綠楊橋，杜宇一聲春曉。

蘇軾酒後置身於曠野之中，是非爭端，名利誘惑均已遠去，只有物我兩忘的超脫境界，文辭清淡優美，益顯出其為人有如光風霽月。

此外尚有〈浣溪沙〉「照日深紅暖見魚」、「旋抹紅妝看使君」、「麻葉層層檾葉光」、「簌簌衣巾落棗花」、「軟草平莎過雨新」五首農村詩，〈漁父〉「漁父飲」、「漁父醉」、「漁父醒」、「漁父笑」四首寫漁人生活，亦真實平淡。蘇軾一向有關懷民生之心，時而流露作品中，這些詞即可看出其悲天憫人的胸懷，以及嚮往平靜滿足的生活的心願。而這些詞的可貴處，不僅在於其造語平淡，清新自然，更在於蘇軾以關懷社會民生為出發點來寫這些詞，因而寫田園及捕魚的樂趣，不以旁觀者口吻，而是設身處地的著想那些生活於田園海上之人，所寫的人也決非隱士高人，而是一群有真實面貌，刻苦求生的生命，蘇軾確實記錄農民、村婦、漁人的生活，有甘有苦，卻知足樂天！其中隱含蘇軾因新政不宜，使人民收穫不足而賦稅甚高的同情，看到人民生活得平實充足，卻也給他更多生命的啟示，這些人民的人生哲學較飽學之士更為圓融。如此真實的紀錄，開詞中所未有的題材，亦是詞中表達平淡自然之風格的極致！

人何在，空鎖樓中燕。」晁無咎在座云：「三句說盡張建封燕子樓一段事，奇哉！」

其他如〈浪淘沙〉「昨日出東城」,〈行香子〉「一葉舟輕」,〈南歌子〉「山雨蕭蕭過」等詞作,其寫景均頗清新自然。蘇軾常於詞中追求一種清明疏淡、平淡高逸的境界,「超曠的情懷,高雅的格調,疏淡的韻致,對於以嘯傲林泉,與清風明月為伍」〔註 15〕的蘇軾,是具有相當的吸引力的。

東坡詞中有多處見平淡,但如果平淡太過,則易因未經深思熟及縝密組合,縱筆而為,而有率易之弊,周濟《介存齋論詞雜著》即云:

　　東坡每事俱不十分用力。

即因其不十分用力,故其偶而會出現粗豪之品,如〈臨江仙〉「四大從來都篇滿」一詞,只以佛教中的「地、水、火、風」等「四大」來開展其詞,故顯枯淡,粗率;〈沁園春〉「孤館鐙青」一詞中之下片,則縱其才氣而為,故亦流於粗率。然而這些均無損於東坡詞之成就,蘇軾之作仍謂為千古。

以上乃就「豪放」二字而分析東坡詞中的風格,蘇軾在超曠中寄慨萬端,別有天地。故夏敬觀以為東坡詞中有幽咽怨斷之音者為上乘,而以激昂排宕,有不可一世之概者為次之〔註 16〕。因此,蘇軾之詞雖豪,但要深入其中探究其情,才能窺見其豪詞之真面貌。

第三節　東坡詞中的婉約風格

婉約詞風是詞自發展以來即被肯定的,同時也是北宋詞壇主要的風格特色,北宋詞家如晏殊、晏幾道父子,歐陽修等人之作品,均以婉約為主。蘇軾在婉約詞風中,別開豪放風格,成為豪放詞派之祖,除其詞作確實豪邁超曠,發揮得淋漓盡致外,東坡詞中之豪放詞,數量之高冠於北宋任何一詞人之作品,也是原因之一。

而蘇軾雖為北宋豪放詞之祖,但東坡詞中,也有大部分的詞表現

〔註 15〕語詳見方智范《詞學論稿》之《論蘇軾與南宋詞風的轉變》頁 63。
〔註 16〕見註釋 13。

了婉約風格。然其婉約乃是風神俊爽，秀麗典雅，而非綺羅香澤，寫來高妙過人。因此，其一方面繼承了詞體發展的優良傳統，綢繆而宛轉，卻不柔媚冶艷。另一方面又用自然質樸的文字，深刻眞摯的感情，貫注於作品之中，來加強作品的生命力。其作中亦有詠美人、寫席上樂事者，但其詠美人，只實際述說其容貌、服飾、才藝，無淫藝之意。席上事則重於暢敘朋友相聚之歡，及時行樂之思，而非酒食徵逐的糜爛生活。蘇軾婉約詞中眞正內涵，大多情致宛轉、曲折，是具有盪氣迴腸、低迴不已的動人力量。而其表現方向亦有數端：

一、情致纏綿

東坡詞中個性分明，故詞中有其個人的用語與情感表現。凡是自然萬物均能引起其纏綿情思，此類佳作，首推〈水龍吟・次韻章質夫楊花詞〉：

> 似花還似非花，也無人惜從教墜。拋家傍路，思量卻是，無情有思。縈損柔腸，困酣嬌眼，欲開還閉。夢隨風萬里，尋郎去處，又還被、鶯呼起。
>
> 不恨此花飛盡，恨西園、落紅難綴。曉來雨過，遺蹤何在，一池萍碎。春色三分，二分塵土，一分流水。細看來不是楊花，點點是離人淚。

以擬人手法寫楊花，借楊花寫惜春傷離之情，筆致超凡脫俗，細膩深刻，聲韻諧婉。其繪貌攝神，均佐以濃郁感情，意態悠遠，神韻天成，而且情景交融叫人難以區分，實爲詞中表現纏綿風格之絕調。周濟《介存齋論詞雜著》云：

> 天趣獨到，殆成絕諧。

張炎《詞源》：

> 後段愈出愈奇，眞是壓倒古今。

此詞有此成就，在於其雖爲詠花而作，但借思婦口吻出之，幽怨纏綿，婦人思情與楊花的柔弱本質合而爲一，益見曲折。故沈東江《填詞雜說》云：「直是言情，非復賦物。」但其言情，卻又在若有似無

之間，故劉熙載《藝概》云：

> 東坡〈水龍吟〉起句云：「似花還似非花。」此句可
> 作全詞評語，蓋不即不離也。

此詞具備了如此多婉約詞的優點，無怪乎成爲一化工神品。

　　〈少年遊・潤州作・代人寄遠〉「去年相送」，詞情亦纏綿。時節
變換，楊花如雪的意象，道其離別思念之意，眞是曲盡委婉。〈瑤池
燕・閨怨〉「春花成陣春心困」，寫閨中怨婦春心愁困，借琴紓愁，但
只得嬌癡怨恨，亦纏綿清幽，不遜溫、韋。〈三部樂〉「美人如月」，
寫美人貌如春花，然春花易落，紅顏易老，牽動其傷感，引人憐惜。
〈醉落魄・蘇州閶門留別〉「蒼顏華髮」，寫佳人送別，離情依依，想
及半生流落，歸鄉無計，傷益甚。〈江城子・乙卯正月二十日夜記夢〉
「十年生死兩茫茫」，悼念亡妻，夢境與現實同樣淒涼悲愴，使人戚
然，纏綿之至。此類作品佔東坡詞中極大比例，可見蘇軾眞爲一抒情
聖手！如何可謂其不及情？〔註 17〕

二、婉麗典雅

　　東坡詞雖以豪放見稱，但亦有極典麗者，寫來氣象富貴豪華，又
無雕金鏤玉的呆板，而是人物、景致、情感完美的烘托對照。〈賀新
郎〉即然，詞云：

> 乳燕飛華屋，悄無人。桐陰轉午，晚涼新浴。手弄生
> 綃白團扇，扇手一時似玉。漸困，倚孤眠，清熟。簾外誰
> 來推繡戶？枉教人夢斷瑤臺曲。又卻是，風敲竹。
>
> 石榴半吐紅巾蹙。待浮花浪蕊都盡，伴君幽獨。穠艷
> 一枝細看取，又恐被秋風驚綠。若待得君來，向此花前對
> 酒，不忍觸，共粉淚兩簌簌。

　　寫來風情旖旎，有少見的穠麗文字，但艷而不俗，麗而不淫。其
塑造了一個純潔幽獨，傷時驚秋的美人形象，而在下片單以詠石榴

〔註 17〕見東坡詞之內容分類一章之結語部分所引。

花，但暗含美貌易衰，美人卻孤芳自賞，不與他人同流的落寞，正襯出其懷才不遇，撫躬自悼的政治處境。至末四句更見突出，黃蓼園《蓼園詞選》云：

> 末四句是花是人，婉曲纏綿，耐人尋味不盡。

東坡詞素以超宕豪放見稱，抒寫全憑一時之感觸，故平實自然，但此詞所寫閨情則縝密細膩，不論是詠人或詠花，均見婉麗典雅。又〈哨遍〉一闋亦有相同表現：

> 睡起畫堂，銀蒜押簾，珠幕雲垂地，初雨歇，洗出碧羅天，正溶溶養花天氣。一霎暖風迴芳草，榮光浮動，掩皺銀塘水。方杏靨勻酥，花鬚吐繡，園林排比紅翠。見乳燕捎蝶過繁枝。忽一線爐香逐遊絲。晝永人間，獨立斜陽，晚來情味。

> 便乘興攜將佳麗，深入芳菲裏。撥胡琴語，輕攏慢撚總伶俐。看緊約羅裙，急趨檀板，霓裳入破驚鴻起。顰月臨眉，醉霞橫臉，歌聲悠揚雲際。任滿頭紅雨落花飛。漸鵶鵲樓西玉蟾低，尚徘徊、未盡歡意。君看今古悠悠，浮宦人間世。這些百歲光陰幾日，三萬六千而已。醉鄉路穩不妨行，但人生要適情耳。

上片即風光旖旎，氣象雍容華貴，下片寫佳人為伴，佳人美貌，琴藝、歌藝俱高絕。全詞寫來穠麗典重，雖為酒筵歌席上的美景樂事，然無一低俗之語。此詞初看自是尊前行樂之作，但自下片「君看今古悠悠」以下數句，則表現了及時行樂之趣，可見蘇軾把人生無常，歲月苦短的感慨，暗寓在這些華麗的意象中，轉敘事、寫景為說理。

〈青玉案·和賀方回韻，送吳伯固還吳中〉「三年枕上吳中路」，則為一淒艷絕美之作，況周頤《餐櫻廡詞話》云其末幾句「作箇歸期天已許，春衫猶是小蠻針線」，尚不甚艷，而其下接「曾湮西湖雨」一清語，「遂成奇艷，絕艷，令人愛不忍釋」。〈水龍吟·贈趙晦之吹笛侍兒〉「楚山修竹如雲」，詠吹笛侍兒之貌與藝，亦詠笛材、笛質，

笛聲，艷絕入骨而不雜淫褻，且幽怨纏綿，婉麗之致。〈南鄉子〉「裙帶石榴紅」、〈㑳人嬌，小王都尉，席上贈侍人〉「滿院桃花」、〈洞仙歌〉「江南臘盡」，〈減字木蘭花・贈徐君猷三侍人〉三闋均婉艷。〈西江月〉「龍焙今年絕品」詠茶，亦典雅莊重。

三、清麗韶秀

　　周濟《介存齋論詞雜著》云：

　　　　　人賞東坡粗豪，吾賞東坡韶秀。韶秀是東坡佳處，粗
　　豪則病也。

　　周濟以婉約派的觀點論東坡詞，謂其豪放詞粗豪，有失公允，然謂其作中有韶秀處，則頗中肯。張炎《詞源》亦云：

　　　　　東坡詞如水龍吟詠楊花、詠聞笛，……洞仙歌、卜算
　　子等作，皆清麗舒徐，高出人表。哨遍一曲，櫽括歸去來
　　辭，更是精妙，周、秦諸人所不能到。

　　東坡詞中的婉約作品，多有清麗韻秀之作，較柳永、秦觀、周邦彥等人均高，如〈洞仙歌〉云：

　　　　　冰肌玉骨，自清涼無汗。水殿風來暗香滿。繡簾開，
　　一點明月窺人，人未寢，欹枕釵橫鬢亂。

　　　　　起來攜素手，庭戶無聲，時見疏星渡河漢。試問夜如
　　何？夜已三更，金波淡、玉繩低轉。但屈指西風幾時來？
　　又不道流年，暗中偷換。

此詞乃詠蜀主孟昶與花蕊夫人，於夏夜時避暑於摩訶池畔事。寫來情致溫柔敦厚，而氣象亦極開濶，音調諧婉。故鄭文焯《手批東坡樂府》評云：

　　　　　坡老改添此詞數字，誠覺氣象萬千，其聲亦如空山鳴
　　皋，琴筑並奏。

沈祥龍《論詞隨筆》云：

　　　　　韶麗處，不在塗脂抹粉也，……蓋皆在神，不在迹也。

此詞重意象、神韻的表達，正與蘇軾的「傳神」理論相合，亦蘇軾作

品實踐理論的又一證明。又〈浣溪沙〉云：

> 道字嬌訛語未成，未應春閣夢多情，朝來何事綠鬟傾。
>
> 綵索身輕長趁燕，紅窗睡重不聞鶯，困人天氣近清明。

乃寫閨情，佳人因春光引動情懷，寫來甚清雅，《皺水軒詞筌》云：

> 其浣溪沙春閨曰：「綵索身輕長趁燕，紅窗睡重不聞鶯」如此風調，令十七八女郎歌之，豈在曉風殘月之下！

〈蝶戀花〉詞云：

> 花褪殘紅青杏小。燕子飛時，綠水人家繞。枝上柳綿
> 吹又少，天涯何處無芳草。
>
> 牆裡鞦韆牆外道。牆外行人，牆裡佳人笑。笑漸不聞
> 聲漸悄，多情卻被無情惱。

此亦為閨情，清麗芊眠，婉約動人！王士禎《花草蒙拾》云此詞：

> 「枝上柳綿」，恐屯田緣情綺靡，未必能過。孰謂彼
> 但解作大江東去耶？髯直是超倫絕群。

劉辰翁亦手批云：「此春景之詞，不堪多誦，能惱人懷。」〔註18〕足見此詞動人之深。詞評家均以此類詞作為周、秦諸人所不到，亦可證東坡詞中實有柔情萬種，決非不及情！再如〈永遇樂〉「明月如霜」一詞，氣氛浪漫，情致纏綿，造語亦清麗韶秀。〈永遇樂〉「長憶別時」，〈雨中花慢〉「今歲花時深院」，〈水龍吟〉「似花還似非花」，〈望江南〉「春未老」諸詞，均清新雅緻，明麗雋秀，格調亦高遠，故蘇軾雖為豪放派詞祖，但對婉約詞有極大的開拓與提昇。故陳廷焯《白雨齋詞話》云：

> 東坡詞寓意高遠，運筆空靈，措語忠厚，其獨至處，
> 美成、白石亦不能到。
>
> 詞至東坡，一洗綺羅香澤之態，寄慨無端，別有天地。

〔註18〕語出明海陽黃嘉惠校刊本《東坡小詞》卷2頁3。

四、幽冷孤寂

　　東坡詞之豪放與婉約風格，均有高出同時詞人的成就，且有創新的面貌。但其詞中還有一特殊的風格，即幽冷孤寂。嚴格說起來，幽冷孤寂應是指作品中所營造的氣氛，而非風格。但此種表現在詞中極為少見，只有柳永詞中可見〔註 19〕，而柳詞與東坡詞的意象又有極大的不同，故另立一類來說明。東坡詞中表現此風者如〈卜算子・黃州定慧院寓居作〉一詞云：

　　　　缺月掛疏桐，漏斷人初靜。時見幽人獨往來，縹緲孤鴻影。

　　　　驚起卻回頭，有恨無人省。揀盡寒枝不肯棲，寂寞沙洲冷。

　　透過幽人與孤鴻清冷孤獨的形象重疊，不棲高枝，獨立沙洲的執著，表達蘇軾自己的政治心境，政治理想。人與鴻間相合為一體，情境更顯幽獨。但或有人附會此詞乃為一王氏女子所作〔註 20〕，或謂為惠州女溫超超所作〔註 21〕，將此詞視為表達男女情愛的作品，使此詞中原有的寄託之意大減，實為世俗眼光，害詞不淺。黃蓼園《蓼園詞選》云：

　　　　此東坡自寫在黃州之寂寞耳，初從人說起，言如孤鴻之冷落。下專就鴻說，語語相關，格奇而語雋，斯為超詣神品。

〔註 19〕如〈雨霖鈴〉「寒蟬淒切」，〈蝶戀花〉「獨倚危樓風雨細」，〈曲玉管〉「隴首雲飛」，〈八聲甘州〉「對瀟瀟暮雨灑江天」，〈夜半樂〉「凍雲黯淡天氣」等，均為柳詞中佳作，寫其情懷，均可見冷清孤寂之意。

〔註 20〕宋吳曾《能改齋漫錄》云：東坡先生謫居黃州，作卜算子云，……其屬意蓋為王氏女子也。讀者不能解。張左史文潛繼貶黃州，訪潘邠老，嘗得其詳，題詩以誌之：「空江月明魚龍眠，月中孤鴻影翩翩。有人清吟立江邊，葛巾藜杖眼窺天。夜冷月墮幽蟲泣，鴻影翹沙衣露濕。仙人采詩作步虛，玉皇飲之碧琳腴。」

〔註 21〕清沈雄《古今詞話》云：《女紅餘志》云：「惠州溫氏女超超，年及笄，不肯字人。聞東坡至，喜曰：『我婿也』。日徘徊窗外，聽公吟詠，覺則亟去，東坡知之，乃曰『吾將呼王郎與子為姻』。及東坡渡海歸，超超已卒，葬於沙際。公因作《卜算子》詞，有『揀盡寒枝不肯棲』之句」，按詞為詠雁，當別有寄託，何得以俗情傳會也。

黃庭堅《山谷題跋》則云：

> 語意高妙，似非喫烟火食人語，非胸中有數萬卷書，
> 筆下無一點塵俗氣，孰能至此。

　　蘇軾所營造的氣氛是雋永而高奇的，故其乃於幽冷孤寂之外，另立高格，與柳永詞中的晦暗迥然不同。此外如〈蝶戀花・密州上元〉「鐙火錢塘三五夜」一詞中，其以杭州與密州之上元節作一對照比較。杭州上元節時，燈火繁華，車水馬龍，喧騰不已，襯得密州上元節孤寒無比。而其老來的心境，因遠離京師，政治失意，更見淒涼之感。〈陽關曲・中秋作〉「暮雲收盡溢清寒」，起句便有寒意，寫別情真是絲絲入扣，「此生此夜不長好，明年明月何處看」二句，更透露人生無常的悲涼，故鄭文焯云此詞乃「妙句天成」。〈江城子〉「十年生死兩茫茫」及〈沁園春〉「孤館鐙青」二者，亦營造了清冷淒切的氣氛、蘇軾在詞壇上的一片煙花中，獨闢出此一幽冷境界，雖然作品不太多，然亦爲其改革詞風上的一大成就。

第四節　結　語

　　作品風格是一個作者的思想、學問、襟懷、個性、筆力、語言、創作手法等條件的綜合呈現，不論是主觀或客觀的因素，都具有決定性的影響。東坡詞中豪放詞大約只有四十多首（註22），婉約詞的比

〔註22〕東坡詞中的豪放作品：〈南鄉子〉「旌旆滿江湖」、〈河滿子〉「見說岷峨悽愴」、〈菩薩蠻〉「天憐豪俊腰金晚」、〈鵲橋仙〉「緱山仙子」、〈沁園春〉「孤館燈青」、〈江城子〉「老夫聊發少年狂」、〈減字木蘭花〉「賢哉令尹」、〈滿江紅〉「東武南城」、〈水調歌頭〉「明月幾時有」、〈水調歌頭〉「安石在東海」、〈永遇樂〉「明月如霜」、〈西江月〉「三過平山堂下」、〈南歌子〉「帶酒衝山雨」、〈滿江紅〉「江漢西來高樓下」、〈定風波〉「莫聽穿林打葉聲」、〈浣溪沙〉「山下蘭芽短浸溪」、〈西江月〉「照野彌彌淺浪」、〈滿江紅〉「憂喜相尋」、〈哨遍〉「爲米折腰」、〈念奴嬌〉「大江東去」、〈念奴嬌〉「憑高眺遠」、〈臨江仙〉「夜飲東坡醒復醉」、〈醉翁操〉「琅然，清圓」、〈滿庭芳〉「三十三年，今誰存者」、〈水調歌頭〉「落日繡簾捲」、〈醉蓬萊〉「笑勞生一夢」、〈十拍子〉「白酒新開九醞」、〈滿庭芳〉「歸去來兮，吾歸何處」、

例較大，但其豪放詞之數量為空前，且其豪放詞表現了較深厚的社會現實的內容，開啟南宋的愛國豪放詞派，故在文學史上，其豪放詞具有相當重大的影響。而其婉約詞中的情感、用語，均較一般月下花前之作，多了一份逸懷浩氣，而非脂粉氣，也沒有柔媚之態，純以清雄縱放為主，故實可謂豪放風格的變形。

　　然而蘇軾至三十七歲方為詞，是否有一個由婉約詞而至豪放詞的過程呢？其作詞時的詞壇環境，充滿婉約穠麗的氣氛，雖其有意改革，但初作應不免受其影響才是，且其始作較為平淡婉約，似乎應有一轉變過程才是。實則其始作雖較婉約，但如此風格與其他詞人有顯著不同，只能說其詞始作之時尚未成熟的豪放風格，未必真有一個過程。且因其初作詞時乃其被貶為杭州通判之時，杭州的秀麗風光，必定也促其於寫景、詠物時採取較婉約的調子！至其赴密州後，筆調才有明顯的改變，其曾自云「日近新作甚多，篇篇皆奇。」（《東坡續集》卷五〈與陳季常書〉），即表示其創作已漸趨成熟的風格，而〈沁園春〉「孤館鐙青」即為一過渡時期的作品，自此詞後，長調與成熟的豪放風格才較多見。貶謫黃州時，其豪放詞風臻於極致，貶謫的生涯及山川風光，均給他的詞風帶來不少的影響，故王十朋〈游東坡十一絕〉云：

　　　　再聞黃州已坐時，詩因遷謫更瑰奇，讀公赤壁詞並
賦，如見周郎破賊時。

　　足見黃州時期為其詞成就最高之時。而〈沁園春〉「孤館鐙青」的起句數句，其格調與柳永詞中的情境類似，如柳詞〈八聲甘州〉「對瀟瀟暮雨江天」一詞，景象博大，聲調與氣勢亦見雄渾矯健，對於初

〈漁家傲〉「千古龍蟠虎踞」、〈滿庭芳〉「三十三年，飄流江海」、〈水龍吟〉「古來雲海茫茫」、〈滿庭芳〉「歸去來兮，清溪無底」、〈水調歌頭〉「昵昵女兒語」、〈八聲甘州〉「有情風萬里卷潮來」、〈戚氏〉「玉龜山」、〈歸朝歡〉「我夢扁舟浮震澤」、〈滿庭芳〉「蝸角虛名」、〈永遇樂〉「天末山橫」、〈無愁可解〉「光景百年」、〈定風波〉「與客攜壺上翠微」。

作詞的蘇軾，必有相當的啓發。蘇軾的長調中，也用鋪敍手法，有時亦用俚語、口語，也是吸收融化了柳永詞中的優點。然而，蘇軾亦立論以鄙薄柳詞倚紅偎翠之作，故蘇軾在吸收柳詞精華之餘，以豪放詞來對抗柳永的婉約詞，使豪放詞大放異彩。

東坡詞之高，除了其大力從事豪放詞之作外，更在於其於豪放、婉約之外，另開飄逸超曠的境界，別具剛柔兼具的特色。《彊村叢書》馮煦〈東坡樂府序〉云：

> 若東坡之於北宋，稼軒之於南宋，並獨樹一幟，不域於世，亦與他家殊絕。世第以豪放目之，非知蘇辛者也。……蘇詞有二派，曰剛曰柔；毗剛者斥溫厚爲妖冶，毗柔者目縱佚爲粗獷，而東坡剛亦不吐，柔亦不茹，纏綿芳悱，樹秦柳之前旆；空靈動盪，導張姜之大輅，唯其所之，皆爲絕詣。

由馮氏之言，可知東坡詞最大特色，乃在剛柔之外，自成一格，故其同一詞中才會出現多種風格。探討其風格內涵，便如劉熙載《藝概》所云：

> 東坡〈定風坡〉云：「尚餘孤瘦雪霜姿。」〈荷花媚〉云：「天然地別是風流標格。」「雪霜資」、「風流標格」，學坡詞者便可以從此領取。

蘇軾於詞的內容，風格上均能自成一家，才能於北宋詞壇上引領風騷，即使其時之人對其貶多於褒，但亦無減於其詞佳處。宋人一直不能認同蘇軾對詞的革新成就，或因北宋詞人始終以詞爲小道，不願賦予其任何精神使命，而將之囿於抒懷遣興的範圍內，以便能發洩政治利害外的心境。王易《詞曲史・析派》第五云：

> 坡詞之高處，得詩中淵明之清，太白之逸，老杜之渾。

王易之說實爲至論。蘇軾本身的個性思想有其獨到處，根本不會創作淫詞艷語，其調合婉約與豪放之異同，而作完美的結合，使其感染力長久不滅，亦使其氣格不致纖弱淫靡。天生健筆，又以眞情爲基

礎，不刻意雕琢，故氣勢非凡，元遺山《遺山文集》卷三十六《新軒
樂府引》云：

> 自東坡一出，情性之外，不知有文字，眞有一洗萬古
> 凡馬空氣象。……詩三百所載，小夫賤婦，幽憂無聊賴之
> 語，時狥爲外物感觸，滿心而發，肆口而成者爾。……東
> 坡聖處，非有意於文字之爲工，不得不然之爲工也。

蘇軾具有如此的自覺意識，下筆渾然天成，其時諸人雖不認同，
但影響則頗大，元遺山又云：

> 坡以來，山谷、晁天咎、陳去非、辛幼安諸公，俱以
> 歌詞取稱，吟詠情性，留連光景，清壯頓挫，能起人妙思。
> 亦有語意拙直，不自緣飾，因病成妍者，皆自坡發之。

「因病成妍」，正是蘇軾直抒性情，不假雕琢的完美表現。本來
婉約與豪放之風，在文學史上雖是相對發展的，有時卻又相反相成，
東坡詞即提供了最好的證明。東坡詞既然不能只以豪放或婉約二風格
來限制之，則其融合情感，思想所產生的極具個人特色的風格，究竟
爲何？不妨以王運鵬所謂之「清雄」作一總結。《半塘遺稿》云：

> 北宋人詞，如……歐陽文忠之騷雅、柳屯田之廣博、
> 晏小山之疏俊、秦太虛之婉約、張子野之流麗、黃文節之
> 雋上、賀方回之醇肆，皆可撫擬得其仿佛，唯蘇文忠之清
> 雄，夐乎軼塵絕跡，令人無從步趨。蓋雲壤相懸，寧止才
> 華而已？其性情，其學問，其襟抱，舉非橫流所能夢見。
> 詞家蘇辛並稱，其實辛猶人境也，蘇其殆仙乎！

第五章　東坡詞的創作技巧

第一節　唐末五代及北宋詞人之技巧

　　詞自發展之初，即爲倚聲而作之文學作品。除了敦煌曲子詞中的民間作品之外，大多數爲亦詩亦詞的絕句式作品，並沒有完整的音樂生命，詞調亦極少，且多爲小令；填詞手法上更無法超越詩的既有成就，故只是詩的餘事罷了。直至晚唐五代，溫庭筠、韋莊諸人之作品出現後，詞才有較爲成熟的面貌。溫、韋二人之詞，其內容不外乎詞的傳統內容——房帷、艷情，但二人之抒情手法則迥異。

　　溫庭筠是第一個專力填詞的人，而且也有較鮮明的個人風格，是使詞由詩而完全成爲詞的過度橋樑，大致說來，溫詞含蓄、穠麗、其文筆極美，且本人善長於音樂，留心生活，故有豐富的體驗，又吸收了民間歌曲及語言材料，使其詞之內容，較中唐以來之詞作廣泛得多，但大體上仍以描寫女性生活及心理者爲多。其擅寫閨情、艷情，但其詞中的眞實感情，卻不易爲人所解。劉大杰《中國文學發展史》十六章云：

　　　　他寫詞的手法，是將許多可以調和的顏色景緻物件放
　　在一起，使他們自己組織配合，形成一個意境，一個畫面，
　　讓讀者自己去領略其中的情意。

由此語可見溫詞的抒情手法乃是借題配喻，而非直截了當的說明，使人常有不明究裡的困惑。但暗喻、借喻的技巧，則對後世詞壇有很大的影響，如南宋詞人吳文英之作亦善此法，而有「七寶樓台，眩人眼目」﹝註1﹞的效果，但卻往往不明所指。

韋莊詞之技巧與溫詞有極相對的表現。溫詞深美，而韋詞疏淡秀雅，痛快淋漓而引人入勝。韋詞用字不如溫詞華麗，描寫的內容也與其本身經歷較有關係，故多爲眞實的情感。至於其詞的表現手法，劉大杰《中國文學發展史》十六章云：

> 用清疏淡雅的字句，白描的筆法，再加以纏綿婉轉的深情。

足見韋詞能直抒胸臆，一目了然，且不假雕琢，以通俗質樸的語言寫曲折的深情，清秀動人。此種白描手法，是塡詞的高明技巧，對後代詞人亦很有啓發。

溫庭筠、韋莊二人俱爲花間詞人的代表，表現手法及風格卻有如此的不同。其後有南唐詞人馮廷巳，能融合溫、韋二人詞中的優點，既取溫詞的含蓄，亦取韋詞中的清淡秀雅，於是有超越溫、韋的成就。馮煦《唐五代詞選序》云：

> 鼓吹南唐，上翼二主，下啓晏歐，實正變之樞紐，短長之流別。

可見馮詞對北宋詞壇有頗大的影響力。而其融合溫、韋之長，故其詞清新秀美，且較具感染力。但是南唐詞人中成就最高者，應推爲馮廷巳之前的南唐後主李煜。溫、韋、馮三人之調，雖較中唐詞有顯著的進步，但總不脫客觀寫景，詠物，或是男女之情的描寫，不論如何的纏綿蘊藉，總嫌窄了些，李後主則身經國破家亡的傷痛，由帝王的尊榮，一變而爲階下之囚，其心境的震撼，實非一般人所能想像，以如此的遭遇寫入詞中，故其詞突破了傳統的藩籬，擴大詞境，創造了抒情詞的典範。劉大杰《中國文學發展史》第十七章云：

﹝註1﹞張炎《詞源》云：夢窗（吳文英）如七寶樓臺，眩人眼目，拆碎下來，不成片段。

他善於構造和鍛鍊詞的語言，形象鮮明，生動流暢，……，最突出的是沒有書袋氣，也沒有脂粉氣，純粹用的白描手法，創造出來那些人人懂得的通俗語言，而同時又千錘百鍊的藝術語言。……他的抒情，是善於概括，富於暗示，感染力強，形象而又生動。

後主之詞以白描手法來表現，卻又富於概括與暗示；真實的人生經歷，刻骨的刺痛，化成血淚斑斑的生命歷程，溶入詞中，故感人至深，且成就非凡。因此王國維《人間詞話》讚其詞云：

詞至李後主，而眼界始大，感慨遂深。遂變伶工之詞而為士大夫之詞。

花間、南唐詞中，雖有如上述詞人的佳作，但自晚唐五代至北宋初年，詞壇大多仍沉浸於綺筵華堂中，風格以婉約為主，內容上專注於男女艷情、酒筵歌席之歡，用字則如雕金鏤玉，或輕靈曼妙、纖艷華麗，以達到外在視覺上的美感。在技巧上最突出的表現，應該算是絕對合律合樂一事，用以達到聽覺上的美感。然而如此填詞，就如同許多人穿上同一式樣的服裝一般，只有尺寸大小的不同，卻無內在實質的差異，更遑論特色！因此許多詞人的作品，幾乎如出一轍。北宋初年，晏殊、歐陽修諸人亦作艷詞，雖其用語較為典雅，氣象較為雍容，但技巧上仍因襲前人，並未有太多的突破。至張先、柳永大量製作慢詞，使詞的音樂性更加完備。而因詞的篇幅加大，故柳永便把其居於市井之間，所得到的大量俚語俗語，利用慢詞的外在形式，大事鋪敘、描寫。其以鋪敘手法寫詞，確能「狀難狀之景，達難達之情」〔註2〕

柳永以鋪敘手法為詞，雖稍異於前人，但其最大成就還是在形式上，技巧、詞格未見顯著改進。而李後主所形成的文人詞，則一直無繼承者。而蘇軾適出於柳永之後，在詞的形式完備的情形下，秉其天

〔註2〕清馮煦《蒿庵論詞》云：耆卿詞曲處能直，密處能疏，奡處能平；狀難狀之景，達難達之情，而出之以自然，自是北宋巨手。

賦與學識，融合前輩詞人的優良傳統，除了在風格、內容、意境上有所擴大提昇外，更配合其個人獨到的文學理論，在創作技巧上也有極大的創新與改革，使文人詞呈現成熟的面貌。

第二節　蘇軾填詞的技巧詳析

一、語言精煉

　　蘇軾自評其文如行雲流水，行於所當行，止於所不可不止，其詞實亦然。其詞用語不假雕琢，亦不贅述，故句句警拔、俊朗，看來生動流暢，平易自然，彷彿隨筆揮灑一般，其實乃經千錘百鍊後，方有如此成績。由於精鍊，故常只有數語，便可以說盡心中之情，一時之景，甚至是古代人物的故事；而且不須華辭美句來裝飾，美感十足而又託意深遠，感染力極強。這才是蘇軾欲於文學上表現的功力。如其詞〈永遇樂〉「明月如霜」中云「燕子樓空，佳人何在？空鎖樓中燕」。只有三句便說盡張建封與其妾盼盼的愛情故事。《高齋詩話》云：

> 少遊自會稽入都見東坡，……少遊舉「小樓連苑橫空，下窺繡轂雕鞍驟」（〈水龍吟〉），東坡曰：「十三個字，只說得一個人騎馬樓前過」。少遊問公近著，東坡乃舉「燕子樓空，佳人何在？空鎖樓中燕」。晁無咎曰：「三句便說盡張建封事。」（見沈雄《古今詞話》卷上引）。

　　東坡詞佳於少游處，即在於坡詞意餘於辭〔註3〕，亦即精鍊之故。而其不盡之意，則是藉燕子樓事來影射其於徐州所築之黃樓，再由黃樓透露其有留名千古的自負與宏願。

　　〈念奴嬌・赤壁懷古〉一詞，乃借山川之壯麗，歷史的陳跡，英雄人物的彪炳功業，突現在蘇軾個人不得伸展抱負的喟歎上，鮮明的

〔註3〕清沈祥龍《論詞隨筆》云：詞當意餘於辭，不可辭餘於意。東坡謂少游「小樓連苑橫空，下窺繡轂雕鞍驟」二句，只說得車馬樓下過耳，以其辭餘於意也，若意餘辭，如東坡「燕子樓空，佳人何在，空鎖樓中燕」用張建封事，……蓋辭簡，而餘意悠然不盡也。

英雄形象投射在失意的蘇軾身上，形成強烈的對比，生命情感亦與歷史情感合而為一。雖然著墨不多，但筆緻綿密，層層遞進，足見其錘鍊之功。

〈水調歌頭〉「明月幾時有」一詞，則以精煉的筆墨寫人生的悲歡離合，出世入世的矛盾，情與理的錯綜重疊，由這些意象中，表達人生無常之慨，及其孤忠之心，想像也隨之飛馳，而中秋之月不過是其想像力的媒介，使其境界開闊奔放，幽獨之心則深切感人。

除了造成氣勢雄奇，動人心魄之外，語言精煉最易託意深遠，其中以〈卜算子〉「缺月掛疏桐」一詞最佳，蘇軾把自己的政治情感、政治抱負、政治態度，具體為不棲寒枝的孤鴻形象，太多的憂慮、無奈，均交由幽冷孤寂的孤鴻來代言，故只有寥寥數語，便已見蘇軾的情操。丁紹儀《聽秋聲館詞話》卷十一云：

> 〈賀新郎〉……或名〈賀新涼〉，或名〈乳燕飛〉，均因東坡詞而起。其詞寄託深遠，與詠雁〈卜算子〉……同一比興。

〈卜算子〉藉孤鴻具象為其己的政治態度處境，〈賀新郎〉詞則藉榴花寫美人的孤芳自傲，貞節高志，均有意外之意，餘味不盡。

以上諸詞乃全篇詞意以精煉語意表現的，此外尚有詞中的某一字或某一句，乃是經過仔細推敲而不著痕跡者，如：

「走馬探花花發末，人與化工俱不易。千迴來繞百回看，蜂作婢，鶯為使。」（〈天仙子〉）不明寫春天萬花盛開，花團錦簇之狀，而藉蜂回鶯繞來展露萬紫千紅。

「青衫猶是，小蠻針線，曾濕西湖雨」（〈青玉案〉「三年枕上吳中路」）不明言為離情，但寫青衫雨濕，艷而不膩，離情具顯。

「山有時而童顛。水有時而回川」（〈醉翁操〉「琅然」）及「憂愁風雨，一半相妨」、（〈滿庭芳〉「蝸角虛名」）二者俱表人事無常，風雨相隨，感慨頗深。但其造語平淡，意則曠達，在質樸中見其傷切與豁然開朗的了悟。

「東君用意不辭辛。料想春光先到處，吹綻梅英」。(〈浪淘沙〉「昨日出東城」) 東君乃春神。詞中寫東君而不寫春神，意象極美，且不與下文「春光」之春字相重，饒富變化。

「早知身世兩聱牙」(〈南歌子〉「苒苒中秋過」) 聱牙本指齟齬不合，即文意難明，不易上口之謂，藉由此意引申爲身世之坎坷不順，切合實情，而構思巧妙。

「苦恨人人分拆破，東西，怎得成雙似舊時」(〈臨江仙〉「天與化工知」) 寫人相隔兩地，不得聚首，但只用「東西」二字涵蓋，語意精簡，音調鏗鏘。

「知君卻是爲情穠，怕見此花撩動」。(〈西江月〉「怪此花枝怨泣」) 寫春意惱人，歸罪春花，其景其境，果然是撩人心胸。

「舊官何物對新官，只有湖山公案」。(〈西江月〉「昨夜扁舟京口」)「湖山公案」是蘇軾倅杭時所作詩，後亦成爲「烏臺詩案」之罪證，故此詞雖作於席上，但暗含其因讒言遭貶的無奈與挫折感。

「綵索身輕常趁燕」(〈浣溪沙〉「道字嬌訛語未成」)「趁」字表女子身輕如燕，高低往來之規律便如燕子之飛翔，意象美極。

「只有離人，幽恨終難洗」。(〈蝶戀花〉「雨後春容清更麗」) 因上文言及春雨，故而下句以「洗」字來表示其幽恨滿胸，語極通俗，而意極深切。趁字與洗字均爲普通的字眼，經塑造後，有了具象化的美感，足見其煉字之功。

東坡詞中語精煉處極多，均爲其天才縱橫與思慮縝密的相互配合下，而成就的佳作。而煉字本爲其文學理論的一部分，此即爲蘇軾以創作實踐理論的證明。

二、妙用典故

詞本身爲一極精緻的文學作品，不論其風格是豪放或是婉約，都會受其體製的限制，故有時無法用太多筆墨來描繪抒寫，因此用典便成爲完足詞意的一種手段。但用典不能太隱晦，否則易使人有摸不著

頭腦的困惑；亦不能太老套，否則沒有新意，不足以吸引人。此外，更不能爲典故所役使。馮金伯《詞苑萃編》卷二云：

> 詞中用事最難，要緊著題，融化不澀。

蘇軾學識淵博，故其爲詩、文、詞均頗好用典，而其詞中有些典故，甚具妙處。如〈永遇樂〉「明月如霜」一詞寫燕子樓事，借古人事而寄託己懷，即能「用事而不爲事所使」。〈減字木蘭花〉「惟熊佳夢」一詞，乃賀其友李公擇生子，用秘閣古笑林之故事〔註4〕，詞云：

> 犀錢玉果，利市平分沾四座。多謝無功，此事如何得儂。

事實情境與典故巧妙契合，令人會心一笑，頗具娛樂效果。〈定風波〉「月滿苕溪照夜堂」一詞，其前有小序云此爲「後六客詞」〔註5〕，其中詞云：

> 還是六人吟笑水雲鄉，賓主談鋒誰得似，看取曹劉今
> 對兩蘇張。

其所云乃紀事，即依當時情境而寫，俱爲眞人眞事。但行文間則暗示後六客與前六客是不同的，而見其思故友之情；又暗合了曹植與劉楨，張儀與蘇秦的故事，看來似乎並未用典，卻又好像有些關連。

〔註4〕東坡詞〈減字木蘭花〉小序云：秘閣古笑林云：「晉元帝生子，宴百官，賜束帛。殷羨謝曰：『臣等無功受賞。』帝曰：『此事豈容卿有功乎?』同舍每以爲笑。余過吳興，而李公擇適生子，三日會客，求歌辭，乃爲作此戲之，舉坐皆絕倒。

清馮金伯《詞苑萃編》卷二十三：漫叟詩話云：東坡最善用事，既顯而易讀，又切當。……賀人洗兒詞，……南唐時宮中嘗賜洗兒果，有近臣謝表云「……猥蒙寵數，深愧無功。」李主曰：「此事卿安得有功。」尤爲親切。按世說（晉）元帝生子，普賜群臣，殷羨謝曰：「皇子誕育，普天同慶，臣無勳焉而猥頌賞。」中宗曰：「此豈可使卿有勳耶?」二事相類，聊錄於此，但「深愧無功」此語，東坡乃用南唐事也。

〔註5〕東坡詞〈定風波〉小序云：余昔與張子野、劉孝叔、李公擇、陳令舉、楊元素會於吳興，時子野作六客詞，其卒章云：「見說賢人聚吳分，試問，也應旁有老人星。」凡十五年，再過吳興，而五人者皆已亡矣！時張仲謀與曹子方、劉景文、蘇伯固、張秉道爲坐客，仲謀請作後六客詞云。

蘇軾此處寫來有些狡詐，可謂妙典。

〈虞美人〉「歸心正似三春草」一詞，乃送別其友馬中玉之詞，中玉此時正擬回鄉寧親，故詞中云「懷祖已瞑文度不歸來」，用王文度故事〔註6〕，表現馬中玉與其父之父子之情，亦契合無迹。

〈蝶戀花〉「泛泛東風初破五」一詞云「三箇明珠，膝上王文度」三個明珠暗指蘇軾三子──邁、迨、過，透過王文度典表明與蘇軾的父子關係，及與同安君之母子關係。〔註7〕

〈江城子〉「翠蛾羞黛怯人看」一詞爲送別陳述古之作，其詞云「漫道帝城天樣遠，天易見見君難」，用晉明帝幼年時的故事〔註8〕。一方面表現蘇軾送別陳述古之離情，一方面則透露其己離京的感慨。

〈滿庭芳〉「三十三年，吾歸何處」一詞，乃蘇軾去黃州移汝州之作，詞云「好在堂前細柳，應念我莫翦柔柯」，蘇軾曾於東坡雪堂前植柳，此番離去，離情依依，故由柳藉《詩經》中召伯甘棠的故事〔註9〕，表其離情，既合情境，更見蘇軾自負之意，以召伯自許，鄭文焯《手批東坡樂府》即云「使君抱負不凡」，如此用典，則典故之內在精神，又有另一番的擴充。

〈水龍吟〉「楚山修竹如雲」詞云「自中郎不見，桓伊去後，知

〔註6〕《晉書》王湛傳：湛孫述，字懷祖，子坦之，爲桓溫長史，溫欲爲子求婚於坦之。及還家省父，而述愛坦之，雖長大，猶抱置膝上，坦之因言溫意，述大怒，遽排下曰：「汝竟癡耶，詎可畏溫面而以女妻兵也。」坦之乃辭以他故，溫曰：「此尊君不肯耳。」坦之字文度。

〔註7〕王文度事已見（註6），而本詞小序云：「同安君生日放魚，取金光明經救魚事。」同安君爲蘇軾夫人王夫人，本詞乃記其事，故「王文度」典亦表示王夫人與三子的母子關係。

〔註8〕《世說新語》云：晉明帝數歲，坐元帝膝上，有人從長安來，元帝問洛下消息，潸然流涕，帝問何以致泣，具以東渡意告。因問明帝：「汝意謂長安何如日遠？」答曰：「日遠，不聞人從日邊來。居然可知。」元帝異之。明日，集群臣宴會，告以此意，更重問之。乃答曰：「日近。」元帝失色曰：「爾何故異昨日之言耶？」答曰：「舉目見日，不見長安。」

〔註9〕其語意化自《詩經、召南》〈甘棠〉：「蔽芾甘棠，勿剪勿伐，召伯所茇。」

孤負秋多少」，中郎爲古時善識笛材者，桓伊爲古代善吹笛者，本詞乃詠笛質與吹笛之技巧高超，借中郎、桓伊之不再見，表示此笛與吹笛侍兒均爲其時之最。

〈訴衷情〉「錢塘風景古今奇」一詞中「更問新官向舊官啼」，乃用樂昌公主之故事〔註 10〕，以表當時蘇軾送別杭州舊守陳述古，迎接新守楊元素的情形，典故與當時情境有某些相合之處。

〈賀新郎〉「乳燕飛華屋」中云「扇手一時似玉」，寫美人素手白皙，與白扇均似玉質一般美好，寫來意境極美。此乃借王夷甫之典，夷甫善捉白玉柄麈尾，與手無別（詳見《世說新語》），典與實境吻合，而語更奇麗。

東坡詞中用典極繁，無法一一列舉，而由其用典之巧妙無迹，可見蘇軾有靈活運用萬卷詩書，以達化工神奇的能力。

三、比喻傳神

蘇軾好用比喻，可謂一博喻的作者；使用比喻亦可以突破詞體限制而暢所欲言，以少量字數傳達豐富內涵。東坡詞中之比喻非常多，而且多數比喻均極貼切，使詞的情、景、事、物俱更爲傳神。

〈少年游〉「去年相送，餘杭門外，飛雪似楊花。今年春盡，楊花似雪，猶不見還家。」，把雪與楊花兩種外形相似的東西巧妙結合，二者柔弱飄零的意象也重疊，加上時序的轉移，比喻其思深情切，故而纏綿宛轉，而又秀麗絕倫。

〈江城子〉「黃昏猶是雨纖纖」一詞，乃是懷念其友朱康叔之作，其詞云「手把梅花，東望憶陶潛。雪似故人人似雪」此則把梅花、雪花與陶潛高潔的人品、志節融合爲一，梅花孤高，象徵陶潛之格高，而梅花開放於雪中，更見挺立，襯出其友人亦爲一志節高尚的人，層層轉折，情致無限。

〔註 10〕樂昌公主事詳見於《本事詩》。其曾有詩云：「此日何遷次，新官對舊官，笑啼都不敢，方驗作人難。」

　　〈水龍吟〉「似花還似非花」詠楊花，又云「細看來不是楊花，點點是離人淚」，在似是而非，正反有無之間，情致愈見纏綿，楊花弱質，迎風嫋嫋，風過亦隨之飄零，思婦情意也隨其柔弱之態而綿長不絕，形象愈發鮮明，使賦物之功至於化境，而以物喻情，亦為極品之作。

　　〈蝶戀花〉「雨後春容清更麗」一詞中「碧瓊梳擁青螺髻」，寫山水環繞之春景，翠綠新鮮，水色澄淨，山形環繞盤升，正如女子萬縷青絲，瀏亮無比，山水風光與女子美貌合而為一。

　　〈水調歌頭〉「明月幾時有」中云「但願人長久，千里共嬋娟」，嬋娟本指美貌女子，以此比喻月光，其意象益顯秀麗皎潔。

　　〈滿庭芳〉之「蝸角虛名，蠅頭微利」，蠅頭與蝸角均為極細小之物，以此喻小利小名，不足爭取，形象非常鮮明，使其述理有力。

　　此外如「捲起楊花似雪」（〈減字木蘭花〉「春牛春杖」），亦以楊花，雪花相比；「明月如霜，好風如水」（〈永遇樂〉）寫月與夜風，清涼沁人；「纖纖素手如霜雪」（〈泛金船〉），以雪霜喻女子皓手；「簾裡佳人笑，笑語如鶯燕」（〈蝶戀花〉「簾外東風交雨霰」），以鶯燕動人悅耳的啼鳴聲，比喻女子笑語動聽；「淚濕花如霧」（〈生查子〉「三度別君來」），以霧狀寫其淚眼迷濛；「白髮千莖相送」（〈西江月〉「莫嘆平齊落落」），以「莖」字表現白髮脆弱易墜的意象，極入神；「楚山修竹如雲」（〈水龍吟〉），以雲字表楚山之竹高；「會挽雕弓如滿月」（〈江城子〉「老夫聊發少年狂」），以滿月之狀寫弓弦拉滿之狀，勁力十足。東坡詞中比喻之多，真是不勝枚舉，不論在情境之描繪，心情的刻畫，外在形象的塑造等，均極細膩傳神。透過如此的比喻技巧，使當下之情，眼前之景，真實呈現於作品中。

四、借古方今

　　「尚友古人」是文人的理想。而在作品中借古方今，除了表現自己對先賢的景仰之情，也以先賢的情操志節或萬世功業暗合於己，或

成對比。〈念奴嬌・赤壁懷古〉一詞中，即借周瑜的英雄形象及輝煌戰功，來反映自己的不得志。蘇軾少有壯志，也曾盼望如周瑜一般，能創下不朽的功業，但事與願違，只有望赤壁興歎了！

赤壁懷古詞中表現了蘇軾落寞的情緒；而〈江城子〉「夢中了了醉中醒，只淵明，是前生」，又云「都是斜川當日境，吾老矣！寄餘齡」。蘇軾曾於黃州東坡築雪堂，心中以爲可與淵明之斜川境相比。蘇軾最崇拜陶潛的情操，其景與其情，恰與陶潛當日相合，而由此亦明蘇軾除自負高格外，亦有隱居田園山林之志。

「驚起謫仙春夢」(〈西江月〉「公子眼花亂發」)，「我醉拍手狂歌，舉杯邀月，對影成三客」(〈念奴嬌〉「憑高眺遠」)，「騎鯨路穩，約相將去」(〈水龍吟〉「古來雲海茫茫」)，或用李白詩句融爲詞句，或自比李白，具有謫仙之才，才情縱橫洋溢，但身世亦如李白，終生未見重用，抱負不得伸展，感慨繫之。

「老去君恩未報，空回首，彈鋏悲歌」(〈滿庭芳「歸去來兮，清溪無底」〉)，借孟嘗君之門下士馮諼的故事〔註11〕，表明其欲報君恩，效力朝廷之願不遂，而產生的悲歎。

此外如「當時共客長安，似二陸初來俱少年」(〈沁園春〉「孤館鐙青」)，以陸機兄弟自比爲其己與弟蘇轍，年少有爲、文學、文名俱名動京師。似此均爲借古方今之例。

五、誇　張

蘇軾不僅博喻，且構思巧妙，用語常見誇張之處，不論是形象營造，或景物描述，均可見其誇張的形容，出人意表。如〈念奴嬌・赤壁懷古〉詞中，周瑜的英雄事業即經蘇軾的渲染誇大。因赤壁戰功非周瑜一人之力，而蘇軾誇大周瑜的事功，才能反襯其不遇之慨。也因此，才足以點染江山，聳動心魄。

〈江城子〉「老夫聊發少年狂」一詞，語意豪縱，而情緒激昂，

〔註11〕語詳見《史記・孟嘗君列傳》中馮諼之故事。

用誇張的筆調寫其有破陣殺敵之力，在誇大的背後，反映其憂慮外患頻仍，報國無門的無奈。

〈念奴嬌‧中秋〉一詞亦為筆致誇張之作，其運筆隨飛仙羽翼，騰空而飛，秋夜月色因而顯得如夢似幻，美崙美奐，而人也神思飄杳，不知所歸。

〈浣溪沙〉「怪見眉間一點黃」中云「論兵齒頰帶風霜」，表現其用兵點將，議論精闢銳利，有如齒牙間夾帶風霜，使人寒慄。風霜寒冷與口舌尖利的感覺，雖然描寫誇張，但配合巧妙。

〈沁園春〉「孤館鐙青」詞中云「有筆頭千字，胸中萬卷，致君堯舜，此事何難」，語極粗壯豪邁，誇大其才，見其抱負不凡。

〈滿江紅〉「江漢西來高樓下」中云「猶自帶岷峨雪浪，錦江春色」，寫景誇張，氣勢磅礴，生動而壯觀。

〈南鄉子〉「回首亂山橫」中云「秋雨晴時淚不晴」，以自然節氣來描寫其淚水之多，更甚秋雨，筆致之誇張，可謂至極，如此不云哀傷，而傷已見。

〈減字木蘭花〉「空牀響琢」中「驚起湖風入座寒」，寫琴聲淒緊，使人生寒，卻不說是琴聲帶給人的感受，而云湖風受琴聲所驚，誤吹入座中，才有寒意，寫琴聲動人處，雖誇大卻逼真。

此外如「欲寄相思千點淚，流不到楚江東」（〈江城子〉「天涯流落思無窮」），「花開花謝，離恨千重」（〈臨江仙〉「尊酒何人懷李白」），「夢到故國多少路，酒醒南望隔天涯，月明千里照平沙」（〈浣溪沙〉「山色橫侵蘸暈霞」），「鐙花零落酒花穠，妙語一時飛動」（〈西江月〉「小院朱闌幾曲」），「夢中遊，覺來清賞，同作飛梭擲」（〈歸朝歡〉「雪浪搖空千頃白」），「百年裏，渾教是醉，三萬六千場」（〈滿庭芳〉「蝸角虛名」）等，皆其用語誇張之處。而〈水調歌頭〉「呢呢女兒語」，〈戚氏〉「玉龜山」，幾乎全篇均用誇張筆勢而寫，尤其〈戚氏〉一篇，神仙之思飄然，更具遐思。而使用誇張筆調填詞，使形象更加強調，感染力因而更強。

綜合上述可以發覺，用典、比喻、誇張、借古方今、語言精煉五者間，有不同程度的連帶關係，經過錘鍊的字句則精簡有力，如「自從添箇，風月平分破」（〈點絳脣〉「閑倚胡床」），以風、月一分為二，表示與友人相隔兩地，但風月不可能一分為二，由此其離情與相思俱現，其中即見匠心巧思。「多情多感仍多病，多景樓中」（〈采桑子〉），「轉頭山上轉頭看」（〈江城子〉「相送不覺又初寒」），二者均不避重字，而且以地名來起興，配合真情實境，省去許多訴情抒懷的筆墨，功力非凡。而用典、比喻等技巧，則以少數字句包容豐富深刻的情感、議論，與語言精煉間可相互影響，故上述五者技巧間有絕對的相關性。

六、白　描

用典、比喻等技巧能使情致宛轉曲折，意味悠長；而直抒胸襟，不用典、不比喻之純粹描寫，則較易有引人入勝的效果。蘇軾生性爽朗，白描手法最適合其個性表現。東坡詞中白描技巧表現最佳者，應為其中一組農村詞及漁父詞。

〈浣溪沙〉五首農村詞，第一首「照日深紅暖見魚」一詞中，寫蘇軾一個人一路遊賞農村風光所見到的景象。「旋抹紅妝看使君」一詞，則寫村中人聽到蘇軾來到，忙著打扮迎接他，且三三五五的，爭著要一睹他的風采，結果把別人的衣裙給踩破了！熱鬧異常，且可見村人的質樸可愛。而後村民熱烈舉行慶豐收的神會，但蘇軾竟然醉臥路邊，紀實的敘述，天真極了！「麻葉層層檾葉光」一詞，描寫村人努工作的情形，煮繭、絡絲，甚至搗麵，惹得蘇軾飢腸轆轆。「蔌蔌衣巾落棗花」一詞，仍寫村人工作的情況；並寫其一路遊來，又渴又睏，故向路邊人家討杯茶水的事情。全部宛如說話一般真實。「軟草平莎過雨新」一詞，則是在其遊賞農村景致之後，已激起他歸隱田園的心意，農村的氣息薰人如醉，更使他覺得自己原本即屬於農村的，故云「使君元是此中人」。如此想法，一方面顯示蘇軾對社會民生，尤其是基層社會人民的生活疾苦，相當關注，也表示蘇軾與民間是沒

有間隔的，能置身其中求得體驗，而不是如一般達官貴人冷眼旁觀，見不著人民的真實需要。

〈漁父〉詞爲四首漁人詞，寫漁人以舟船爲家，日日生活其中，隨水飄流，天地爲伴，氣勢浩然壯大。以魚蟹爲食，佐以美酒，人生樂事也不過如此；偶而有人借船南渡，也可點綴生活，何樂而不爲？寫來真是氣度悠閑之至。此四首詞雖也是真實描寫漁人生活，但亦含說理，暗示漁人瀟灑的人生態度，與世無爭，因此活得毫無牽絆，快意自得。

在實際遊賞觀察的體驗中，直接描述，能使人一目了然，同時又賦予個人的關懷，使詞境也有所提昇。白描技巧易造成平鋪直敘，雖然易將其情致說盡，但因爲真情實事，故依舊耐人咀嚼，所謂「至真之情，由性靈肺腑中流出，不妨說盡，而愈無盡」（況周頤《蕙風詞話》）。如〈滿江紅〉「天豈無情」一詞，寫其與友文安國分隔南北，想及多年來人事滄桑，年華不再，友朋難再聚，只好痛飲，而愁苦益甚，故只盼藉魚雁往返，慰其相思之意，情致深刻，而純然直接敘述，在娓娓道來中絲毫不隱，而動人依然，故白描技巧只要有真情實事，即是佳作，未必真要有其他隱藏的技巧來輔助。

七、以口語入詞

繼柳永以口語大肆鋪敘詞作之後，蘇軾也採口語入詞，但蘇軾能避開不堪入目的低俗俚語，只純然以淺顯易懂的口語來入詞，使詞本來因體製限制而可能有的艱澀之感，減失不少！如其農村詞中之棗花、繰車、牛衣、古柳、苦瓜、野人家等，均爲極生活化的家常語，清新淳樸。其他如「一語相關，恰似當初本不來」（〈減字木蘭花〉「玉觴無味」），「還知麼，自從添箇，風月平分破」（〈點絳唇〉「閑倚胡床」），「佳人相問苦相猜」（〈阮郎歸〉「一年三過蘇台」），「醉鄉路穩不妨行，但人生要適情耳」（〈哨遍〉「睡起畫堂」），「不用訴離觴，痛飲從來別有腸」（〈南鄉子〉「東武望餘杭」），「世事一場大夢，人生幾度新涼」

（〈西江月〉），「算來著甚乾忙，事皆前定，誰弱又誰強」（〈滿庭芳〉「蝸角虛名」），「休言萬事轉頭空，未轉頭時是夢」（〈西江月〉「三過平山堂下」），「不須計較與安排，領取而今現在」（〈西江月〉「日日深杯酒滿」），「箇中下語千難」（〈西江月〉「昨夜扁舟京口」）等句，均極白話。此外尚有通篇皆以口語暢敘者，行文流利，如〈滿庭芳〉「三十三年，今誰存者」，〈滿庭芳〉「歸去來兮，吾歸何處」，〈減字木蘭花〉「賢哉令尹」，〈哨遍〉「爲米折腰」，「睡起畫堂」兩首，均是極爲口語化的文句，言語運用更近於散文，打破了詞與散文間的距離，信筆揮灑，收放自如，且自然入妙，後世辛棄疾以散文爲詞，必定受到東坡詞中此類作品相當大的的啓發。此類作品對原本審音辨律要求嚴格的詞而言，實爲重大突破。但蘇軾好爲議論，又有自由的口語助其說理，雖然議論閎偉，但是詞意全失，遭人詬病，如〈無愁可解〉「光景百年」一詞即然。故突破原本詞的限制對後世詞體發展有其正面的意義，但仍要注意保留詞中原有的韻味才是。蘇軾在此一技巧上之發揮可謂淋漓盡致，故縱有枯燥無味處，亦是瑕不掩瑜。

八、以詩爲詞

　　東坡詞中的內容包羅萬象，達到「無意不可入，無事不可言」的地步，打破了傳統的艷情，而把許多較適合入詩的內容帶入詞中，同時也以詩化的句子來寫詞。如「昨夜扁舟京口，今朝馬首長安」（〈西江月〉），「水光都眼淨，山色總眉愁」（〈臨江仙〉「九十日春都過了」），「皎皎牽牛河漢女，盈盈臨水無由語」〈漁家傲〉），「大江東盡，浪淘盡，千古風流人物」（〈念奴嬌〉），「山與歌眉歛，波同醉眼遊」（〈南歌子〉），「小院朱闌幾曲，重城畫鼓三通」（〈西江月〉），「青史幾番春夢，紅塵多少奇才」（〈西江月〉「日日深杯酒滿」）等等，皆與詩之句法相似。而〈行香子〉「三入承明，四至九卿」一詞，更幾乎全部以詩句爲詞，可見以詩爲詞，是蘇軾有意爲之的一種技巧。

　　以詩爲詞，自不免破壞了詞的某些格律限制。歷來詞家，大致均

以爲「詩莊詞媚」，故詩中用語端莊典雅，具有經世之義；而詞柔媚，以訴情爲主，詩詞間的界限極嚴。洪亮吉《北江詩話》云：

> 詩詞之界限最嚴，北宋之詞，類可入詩，以清新雅正故也。南宋之詩，類可入詞，以流麗巧側之故也。

故知詞以流麗婉轉、穠艷柔媚爲尙，但氣格偏狹卑下，等而下之益見窘迫。且重覆使用相同題材，相同字句，詞的發展生命，實在岌岌可危。蘇軾以詩爲詞，便具有進步意義與歷史意義！進步意義是指增加了詞的題材，擴大詞境，提高詞格而言；歷史意義則表現在詞的發展趨勢上，「以詩爲詞」已成爲勢所不免，否則辛棄疾也不會有成熟的「以文爲詞」的作品產生！而且「以詩爲詞」也可以豐富表現能力，以詞的形式表現詩的內容與句法，不但保了詞的原有韻味，「對於推尊詞體改革詞風，均有積極意義。」〔註 12〕但蘇軾對詞如許貢獻，卻遭受頗多的批評與苛責，一般詞家批評「以詩爲詞」的著眼點有二，一是因「以詩爲詞」而導致風格豪放，不合婉約要求，故將之視爲別格。二是批評其「以詩爲詞」，因爲不合詞格，不合音樂，故以不明音律譏貶之。在詞的風格方面，陳師道《後山詩話》以爲東坡詞雖極工，然非本色；俞文豹《吹劍錄》亦有鐵板，銅琶之譏，此已詳細討論於風格一章，此處不再贅述。至於不明音律一事，則實是一般詞家對蘇軾不甚了解之誤。彭乘《墨客揮犀》云：

> 子瞻言平生有三不如人，謂著棋、吃酒、唱曲也。然三者亦何用如人！子瞻之詞雖工，而不入腔，正以不能唱曲也。

世人每以彭乘之言斷定蘇軾爲一不懂唱曲，不明音律之人，實爲判斷不清。而李清照《詞論》更嚴厲批評云：

> 子瞻學究天人，作爲小歌詞，直如酌蠡水於大海，然皆句讀不葺之詩耳。（胡仔《苕溪漁隱叢話後集》卷三十三引）。

其以東坡詞爲詞詩，故即便有化工之處，亦不足取。實則東坡詞

〔註 12〕語引自吳熊和《唐宋詞通論》頁 98。（浙江古籍社）。

以詩為詞致不合音律，乃蘇軾有意為之的結果。蘇軾學究天人，文學創作上講究的是有感而發，有為而作，且隨物賦形，直抒胸臆，絲毫沒有一點窒礙遲滯之感，由此以達傳神之境，故其並不斤斤計較於格律的約束，作品才能如行雲流水一般。而詞的音樂性正足以束縛文人的才思、性靈，使作品淪為音樂的附庸。故蘇軾寧願因重視詞的文學生命，使其藝術思想，自由奔放的風格均不致受到阻礙。詞的發展，即自蘇軾始與音樂分離，而獨立出詞的文學性，把詞看作與詩相同具有言志與詠懷的作用。

蘇軾雖然不重視詞的音樂性，但決不是一個不明音律的人，由以下幾點便可證明：

（一）《東坡志林》云：

> 舊傳陽關三疊，然今世歌者，每句再疊而已。若通一首言之，又是四疊，皆非是。或每句三唱，已應三疊之說，則叢然無復節奏。余在密州，有文勛長官，以事至密，自云：「得古本陽關」，其聲宛轉淒斷不類，乃知唐本三疊蓋如此。及在黃州，偶得白樂天對酒云：「相逢且莫推辭醉，聽唱陽關第四聲」。註云：「第四聲，勸君更進一杯酒。」以此驗之，若一句再疊，則此句為第五聲，今為第四聲，則一句不疊，審矣！

蘇軾對於古陽關曲的審音斷律如此仔細，如果其不明音律，不會唱曲，何至於此？足見其本身實具有頗深的音樂修養。

（二）東坡詞中，有數首詞之前，蘇軾另立小題或小序，表明其懂得音律。如〈醉翁操〉「琅然」云：

> 琅琅幽谷，山川奇麗，泉鳴空澗，若中音會，醉翁喜之。……既去十餘年，而好奇之士沈遵聞之，往游，以琴寫其聲，曰醉翁操。……然有其聲而無其辭。……後三十餘年，翁既捐館舍，遵亦沒矣。有廬山玉道人崔閑，特妙於琴，恨此曲之無詞，乃譜其聲，而請東坡居士以補之云。

〈哨遍〉「爲米折腰」云：

> 陶淵明歸去來，有其詞而無其聲。余既治東坡，築雪
> 堂於上，……鄱陽董毅夫過而悅之，有卜鄰之意，乃取歸
> 去來詞，稍加檃括，使就聲律，以遺毅夫，使家僮歌之。

〈水調歌頭〉「呢呢女兒語」云：

> 建安章質夫家善琵琶者乞爲歌詞，余久不作，特取退
> 之詞，稍加檃括，使就聲律以遺之云。

此外尚有〈江城子〉「夢中了了醉中醒」詞序云此乃可歌之長短句，〈浣溪沙〉「西塞山邊白鷺飛」詞序云乃本於玄眞子之〈漁父詞〉，稍加數語而使歌之。均爲蘇軾明律之證。

（三）清高宗御選《詞譜》中，共收有詞調七六七種，以東坡詞爲其體例代表者，共計有三十種（註13），而東坡詞中本身選用的詞調計有七十四種，是故《詞譜》所收之東坡詞調佔蘇軾所選用者三分之一強。其中〈念奴嬌〉、〈哨遍〉、〈滿江紅〉諸調，東坡詞中均有二體，尤其〈念奴嬌〉「大江東去」一詞之格律、句讀，歷來備有爭議（註14），而《詞譜》均收入，足見《詞譜》對東坡詞重視的程度。

〔註13〕《詞譜》所據體例爲蘇軾東坡詞者如後：
　　〈醉翁操〉「琅然，清圓」、〈雨中花慢〉「今歲花時深院」、〈三部樂〉「美人如月」、〈翻香令〉「金鑪猶暖麝煤殘」、〈荷華媚〉「霞苞露荷碧」、〈華清引〉「平時十月幸蓮湯」、〈占春芳〉「紅杏了，天桃盡」、〈皁羅特髻〉「采菱拾翠」、〈江城子〉「鳳凰山下雨初晴」、〈少年遊〉「去年相送，餘杭門外」、〈西江月〉「點點樓頭細雨」、〈行香子〉「攜手江村」、〈行香子〉「綺席纔終」（二體不同）、〈青玉案〉「三年枕上吳中路」、〈一叢花〉「今年春淺臘侵年」、〈洞仙歌〉「冰肌玉骨」、〈意難忘〉「花擁鴛房」、〈滿江紅〉「東武城南」、〈水調歌頭〉「明月幾時有」、〈卜算子〉「缺月挂疏桐」、〈醉蓬萊〉「笑勞生一夢」、〈念奴嬌〉「大江東去」、〈念奴嬌〉「憑高眺遠」（二體不同）、〈水龍吟〉「霜寒煙冷蒹葭老」、〈永遇樂〉「明月如霜」、〈沁園春〉「孤館鐙青」、〈賀新郎〉「乳燕飛華屋」、〈哨遍〉「爲米折腰」、〈哨遍〉「睡起畫堂」（二體不同）、〈戚氏〉「玉龜山」。

〔註14〕清王又華《古今詞論》云：東坡「大江東去」詞，「故壘西邊，人道是，三國周郎赤壁」，論詞則當于是字讀斷。論意則當于邊字讀斷。「小喬初嫁了，雄姿英發」，論調則了字當屬下句，論意則了字當屬

如果東坡詞均爲不合律的詞詩，又如何能成爲代表的體例？

（四）東坡詞中所用詞調，有些明顯爲蘇軾之自度曲。如〈翻香令〉「金鑪猶暖麝煤殘」一詞，《詞譜》注云「此調始自蘇軾」。〈占春芳〉「紅杏了」一詞，《詞譜》云「此調只此一詞」，而萬澍《詞律》則云：

> 此體他無作者，想因第二句（獨自占春芳）爲題名。

《塡詞名解》云：

> 蘇軾詠梨花，創此調云：「紅杏了，夭桃盡，獨自占
> 春芳。」（引自聞汝賢《詞牌彙釋》）

故〈占春芳〉一詞，爲蘇軾自創應爲無疑。又〈皁羅特髻〉「采菱拾翠」一詞，《詞牌彙釋》云：

> 按此調或創自東坡，以詞有「正鬟髻初合」句故也。

是以此調亦爲蘇軾自創。王易《詞曲史·衍流》第四云：

> 東坡詞中除常見慢詞外，如〈戚氏〉、〈哨遍〉皆特別
> 長調，〈戚氏〉見《樂章集》（柳永詞集）中，〈哨遍〉二首，
> 疑是自度腔。……〈賀新涼〉乃爲營妓秀蘭作以侑觴，〈醉
> 翁操〉乃補崔閑琴曲之詞，接小序語意，均自度腔也。

由以上諸例足見蘇軾不僅懂得音律，甚且具有自度曲的能力。

（五）蘇軾有意選用較適合豪放風格的詞調。如〈念奴嬌〉凡二見，俱逸興壯懷；〈滿江紅〉凡五見，〈水調歌頭〉凡四見；〈滿庭芳〉凡六見，其中有五首俱爲豪放詞；〈無愁可解〉一見，〈八聲甘州〉一見，〈沁園春〉一見，如此詞調，均見促節繁拍，明快雄壯，適合抒發激昂的情緒，而使聲勢豪壯，風格超邁。其自度曲如〈哨遍〉二首、〈戚氏〉、〈醉翁操〉等，亦見雄放。而〈江城子〉、〈西江月〉、〈浣溪沙〉、〈定風波〉、〈河滿子〉、〈減字木蘭花〉、〈南鄉子〉等調，並不一

上句。「多情應笑我，早生華髮」，我字亦然。有關此詞之格律、句讀問題請詳參考葉嘉瑩《唐宋詞名家論集》〈論蘇軾詞〉。（國文天地雜誌社本，頁238～239）

定適合豪放詞風，但其詞〈江城子〉「老夫聊發少年狂」、〈西江月〉「世事一場大夢」、〈南鄉子〉「旌斾滿江湖」、〈定風波〉「莫聽穿林打葉聲」、〈河滿子〉「見說岷峨悽愴」等詞，均為壯詞，他如〈永遇樂〉、〈水龍吟〉等則婉約、豪放俱見，看似隨意而為，實則其有意以婉約詞調寫豪放風格，亦他人評其不合律之處，卻是其為騁才情，而有違律之處。故一方面乃其個性使然，一方面也是其深諳音律，才敢作如此表現而仍有佳績，由此挽救淫靡詞風，提高詞格。這些詞調與其選用之婉約詞調相比，仍在少數，但較花間詞人，甚或北宋詞人均多出太多！也是其明律，才能有如此的選擇與發揮能力！

以上諸事，均可證明蘇軾絕對是一個明白音律之人，只是其為了重視詞的文學生命，不惜忽略詞的音樂生命。在完全不受拘束的情形下，盡情揮灑，以完成千古名作。歷來詞家雖對蘇軾此舉多有貶責，但亦有加以肯定，而倍予讚揚之人，如晁無咎云：

> 東坡詞人謂多不諧音律，然居士詞橫放傑出，自是曲中縛不住者。（《苕溪漁隱叢話後集》卷三十九引）

王灼《碧雞漫志》卷云：

> 東坡先生非醉心於音律者，偶爾作歌，指出向上一路。

陸游《渭南文集》云：

> 世言東坡不能歌，故所作樂府，多不協律。晁以道謂「紹聖初，與東坡別於汴上，東坡酒酣，自歌古陽關」。則公非不能歌，但豪放不喜翦裁以就聲律耳。試取東坡諸詞歌之，曲終，覺天風海雨逼人。

朱弁《曲洧舊聞》云：

> 東坡和之（楊花詞），若豪放不入律呂，徐而觀之，聲韻諧婉。

橫放傑出，豪放不喜翦裁，是蘇軾天性使然，也是蘇軾對詞體發展的自覺，故以詩為詞，以求改革與創新，此正與其文學思想吻合。以詩為詞固然打破詞格，但詞體本身氣格已日漸卑弱，若不改變，再

華麗悅耳，又有何用？清田同之《西圃詞說》云：

> 詞與詩體格不同，其爲攄寫性情，標舉景物一也。若夫情性不露，景物不眞，而徒然綴枯樹以新花，被偶人以哀服，飾淫靡爲周柳，假豪放爲蘇辛，號爲詩餘，生趣盡矣！

陳子宏亦云：

> 近日詞惟周美成、姜堯章，而以東坡爲詞詩，稼軒爲詞論，此說固當，然詞曲以委婉爲體，徒狃於風情婉戀，則亦易厭。回視蘇辛，豈非萬古一清風哉？（沈雄《古今詞話》引）。

　　因此，眞情實性才是詞中的珍貴內涵，不須汲汲於形式、格律的要求。以詩爲詞，不僅提高詞格，擴大內容，更使詞因此而邁入「文人詞」的階段，此方爲詞史上的一大進展。

九、賓主相合

　　東坡詞有不少詠物詞，其中〈卜算子〉「缺月挂疏桐」，〈水龍吟〉「似花還似非花」二者，與一般的詠物詞有相當大的不同，成就亦高出一般詠物詞很多，表現了高度的、成熟的技巧。詠物貴經由形似而達於神似，能與情景相融，更具感染力。

　　〈卜算子〉詠孤鴻，上片「缺月挂疏桐，漏斷人初靜」二句，已渲染烘托了一個幽冷孤寂的情境，而後點出本詞的主體——孤鴻，來往無從的幽人反而成爲客體，作爲孤鴻的陪襯。下片則爲專寫孤鴻高潔孤傲的形象，略帶著些惶感不安的神情，與獨立沙洲的孤寂相互交替出現。全詞看似詠此孤鴻的淒涼處境，藉以顯出此鴻的特別、孤高；但寒枝、有恨、幽人等字眼，卻暗寓了蘇軾個人當時心情與政治處境，因此表面上雖把幽人作爲客體，實際上卻是隱藏著的主體，於是賓主之間由一而二，又由二而一，幽人與孤鴻的形象是既統一又各自獨立的，在矛盾中見出其相互交融的效果。

　　〈水龍吟〉楊花詞中，上片寫朦朧迷離的夢境，以擬人化的手法

寫楊花，楊花的柔腸百轉，正是思婦的衷情，而思婦思情也隨著楊花
飄揚的狀態，陷入了遐想，醒來之後卻只有空虛一片，故其情境也烘
托得甚爲孤寂。而且遐想的究爲思婦，或爲楊花，隨著夢境，竟也顯
得撲朔不明。下片則專寫楊花的歸宿。隨風飄揚而後凋零的楊花，盡
數化爲思婦眼中的點點淚痕，就像春去人老一般的無可挽回，感傷實
深。故雖只寫楊花，實際上是與思婦的遲暮之心相互照應，更暗暗反
映蘇軾傷時歎逝的感慨，思婦與楊花，蘇軾與楊花，同樣的難以分明，
造成了似是而非，不即不離的美感，而有壓倒古今之勢，實爲詠物詞
中的聖品。

　　又〈賀新郎〉一詞，借詠榴花來寫一志節堅貞的女子，上片只寫
景、寫時、寫境，未提及榴花，反而寫此女子貌美動人。下片則專寫
榴花，不及女子。「待浮花浪蕊都盡，伴君幽獨」，表明榴花不同於一
般庸脂俗粉，故寧可孤芳自賞，而不願與其他種類的花同流。但語意
上又明明是哀怨女子的口吻，極力表現自己與眾不同。「又恐秋風驚
綠，待得君來，向此花前對酒，不忍觸，共粉淚兩簌簌」，則榴花與
美人的形象更爲重疊，借榴花表此美人懼怕春去秋來，年華盡去，故
一心盼望其情人莫虛擲光陰。然而究竟是花或是人，教人捉摸不定。

　　利用賓主不分的技巧，使其作品具有撲朔迷離的美感，如此美感
亦決非虛幻不實的，而是眞情可感的！此外其又利用前半泛寫，後半
專敘的高超技巧〔註15〕，益使其朦朧美感的背後所隱藏的情操志
節，有呼之欲出的震撼力量。如此技巧對原本重雕琢之詞而言，亦是
極大的突破與創新。

十、虛實相應

　　蘇軾喜歡於文學作品中馳騁其想像空間，大筆揮灑其思想情懷，

〔註15〕清王又華《古今詞論》：毛稚黃（先舒）曰：前半泛寫，後半專敘，
　　　　蓋宋詞人多此法，如子瞻賀新涼後段只說榴花，卜算子後段只說鳴
　　　　雁。周清眞寒食詞只說邂逅，乃覺意更長。

故作品中常常帶有浪漫綺思，及廣大的思想國度，而易導致虛實相生。作品中的虛處可產生空靈之感，實處則易有蘊藉之功，虛實情境的重疊、轉換，則易至情景交融、空靈蘊藉之感。〈卜算子〉詠孤鴻一詞中賓主不分，即其亦實亦虛之處。〈水龍吟〉楊花詞中，上片由寫楊花飄零而引至思婦傷情的迷離夢境，其時春已盡，思婦亦至遲暮之年，與虛幻夢境相合，百感交集的湧現，亦為虛實相應之功。

　　〈水調歌頭〉「明月幾時有」為中秋詞之最，上片之「不知天上宮闕，今夕是何年，……何似在人間」，乃寫天上與人間的分別，天上雖華麗絕倫，然而淒冷，且遙不可及，不免使人有華而不實的遺憾。人間行樂，至煩憂俱忘之時，彷彿置身天上，然而樂去後，人間終究不是天上。天上宮闕華美而不可及，可看出蘇軾的政治處境是戒慎恐懼的，故只好留在伸手可及的人間，滿腹無奈的情緒全寄託在由天上而人間的虛實轉換間。下片則轉入議論、理解、了悟，全為真實的思想，而沒有虛幻的想像，但其云「不應有恨」，表面上是嗔怨月亮，實則借月的陰晴圓缺表達其對家國情深如許，卻不得諒解的苦處。天上是想像中的宮殿，與遙遠的京城暗自相合；人間是切身的情境，兩者之間又好像是一體的，均為其人生際遇的縮影與變形，難解其是虛是實。

　　〈念奴嬌‧中秋〉「憑高眺遠」一詞，全篇借幻想的羽翼，及超現實的材料，表現其心中對大自然的強烈感情，也在這些一連串的假想中，表達其不遇的感慨。於是便把自己想像成謫仙李白，隨樂而舞，李白的命運，蘇軾的感慨便在酒與舞中相合為一。而在及時行樂之外，透著傷感，較〈水調歌頭〉一詞更增添迷惘。

　　〈歸朝歡〉「我夢扁舟浮震澤」一詞，上片也利用夢境與實境作一對照，以表現離情與思念，且也由此透露現實人間的窘迫，及年華逝去一事無成的感慨。此外如〈永遇樂〉「明月如霜」、〈江城子〉「十年生死兩茫茫」等詞，均藉虛實相生相應以寫其深情、至理。用虛實相應的手法，極易造成大開大闔之勢，給予讀者更多的思考體會的空間，這也是造成東坡詞詞風格浪漫，格局開闊的原因之一。

十一、抒情、說理、詠物、寫景融合於一

蘇軾爲詞，以深情爲基調，但有時說理含情，有時借景說理，有時借詠物抒情或言志，甚至有時融抒情、說理、寫景、詠物等內容於一詞者，使其詞在擴大內容之外，更具有千變萬化的面貌。以楊花詞而言，沈謙《塡詞雜說》云此詞乃是「直是言情，非復賦物」，即表此詞已至抒情、詠物相合無迹之境。〈水調歌頭〉「明月幾時有」在天上人間的虛實空間外，注入其深情與了悟，議論精深，即是融合了抒情與說理的作品。

〈哨遍〉「睡起畫堂」一詞，許昂霄《詞綜偶評》云此詞「先寫景，後言情；先言晝，後言夜，層次一絲不紊。」故此詞乃是把其詞的背景如其情、其景，景中之晝以及時間相融於一，而且層層遞進，經過細心安排，故層次井然，而不顯得拼湊雜亂。

〈水調歌頭〉「落日繡簾捲」一詞，通過描寫快哉亭之景，來懷念故友歐陽修，並讚揚景中的漁人。眼前所見之景，使其由想起了歐詞警句「山色有無中」〔註 16〕，而表達其對歐陽修之景仰懷念。又借眼前千頃湖水，及漁人氣定神閒，乘風破浪的操舟氣勢，而加以讚美，且由如此的讚美中表現其自漁人的氣勢而領略的道理，明白人生處世，但有平常心，浩然氣，必然能臨危不懼，化險爲夷。歐公與漁人均有如此的修養，而蘇軾也以此自許。故本詞由寫景轉至抒情，再轉爲說理，使豪放詞推至另一高度。蘇軾胸有萬壑，思想感情的轉折，眞是自然圓通，明白俊爽。

〈洞仙歌〉「冰肌玉骨」一詞，以蜀主孟昶與花蕊夫人的故事爲主幹，本質是敘事，但在敘事中透露出人世無常、時光不待的無奈與恐懼。其云「又不道流年，暗中偷換」，在此清涼夜景中，如此心境使人有更多的不安，夜景與心情恰成對比，也使此詞在抒情，敘事中，

〔註 16〕歐陽修詞〈朝中措〉（引自龍瑜編著《唐宋名家詞選》）平山欄檻倚晴空，山色有無中。手種堂前垂柳，別來幾度春風。　文章太守，揮毫萬字，一飲千鍾，行樂直須年少，樽前看取衰翁。

暗含說理。

　　〈滿江紅〉「東武南城」一詞，本寫流杯亭及其周圍的景色，此時已至暮春，在寫景中，蘇軾想起當年王羲之與其時名士會集蘭亭之修禊事，故云「君不見蘭亭修禊事，當時座上皆豪逸，到如今，修竹滿山陰，空陳跡」。當日豪逸之士如今只是空留陳迹，人事無常，本不待強求，故一切憂喜，實在沒有什麼好抱怨或不捨的。說理、言情、寫景交互出現，心情複雜之至。

　　〈定風波〉「莫聽穿林打葉聲」一詞，本只是敘述其友人相遊，於沙道中遇雨的單純事件，但其云「回首向來蕭瑟處，歸去，也無風雨也無晴」，則是在敘事寫景之外，表現其曠達的人生態度，不避風雨的胸懷，故乃是寓說理於寫景之中。

　　〈西江月〉「玉骨那愁瘴霧」一詞，表面看來是詠梅的冰清玉潔，但梅花高潔的形象，就如同蘇軾之寵妾朝雲一般，故其詠梅實為詠人。然此時朝雲已然病故，梅花依然，見花思人，悼念之情，深刻感人。故詠物與抒情是相合為一的。

　　此外如〈卜算子〉中雖詠孤鴻，實乃借物抒情，言志，〈念奴嬌・赤壁懷古〉名為懷古，但山川風貌，忠憤之情躍然字裏行間，也是融合寫景，說理，詠懷於一。蘇軾為詞不僅不拘於格律，且能融數種性質完全不同的內容於同一詞中，盡情傾吐其思想、情懷，非但不覺其突兀、零亂，反而見其鎔鑄之功，才力之大，無人可及。

十二、融化前代經典或他人言語入詞

　　蘇軾胸中藏有浩瀚書海，隨其取擷，且其亦有豐富的生活體驗，故亦常以日常生活中聽到的話語，或是經典故事、前人文句等資料寫入詞中，但不見掉書袋之失，為詞的語言帶來空前的擴大與變化，同時又與詞的內容革新息息相關。夏承燾《東坡樂府箋》序云：

　　　　好擷經子入詩，在詞則東坡之〈醉翁操〉、〈西江月〉、
　　　　〈浣溪沙〉為其權輿。……元祐諸公嬉弄樂府，寓以詩人

句法，此殆指〈水調歌頭〉之檃括韓詩，〈定風波〉之裁成杜句。他如以〈歸去來辭〉為〈哨遍〉，以《山海經》協〈戚氏〉，合文人之樂，尤坡之創製。

在東坡詞中使用此一創新技巧者，又可詳分為以下幾類：

（一）融化經子、史傳、小說、詩賦散文詞等文句、文意入詞

　　楊花詞中「春色三分，二分流水，一分塵土」。乃用宋初葉清臣之〈賀聖朝〉詞之「三分春色，二分愁更一分風雨」〔註17〕，蘇軾取之融化成為己詞，更具神韻。

　　〈西江月〉「照野彌彌淺浪，橫空隱隱層霄」二句，乃用陶潛詩句「山滌餘藹，宇暖微霄。」〔註18〕

　　〈賀新郎〉「簾外誰來推繡戶，枉教人夢斷瑤臺曲。又卻是風敲竹。」；用古詩「捲簾風動竹，疑是故人來」之意入詞。〔註19〕

　　〈西江月〉詠梅詞之「高情已逐曉雲空，不與梨花同夢」，用王昌齡梅花詩「落落寞寞路不分，夢中喚作梨花雲」二句入詞。〔註20〕

　　〈醉翁操〉「荷蕢過山前，日有心也哉此賢！」語出《論語》孔子擊磬之事。又「翁今為飛仙」語出《十洲記》之「蓬萊山……惟飛仙能到其處。」

　　〈減字木蘭花〉之「賢哉令尹，三仕已之無慍喜」，意出於《論語》「令尹子文，三仕為令尹，尹無喜色，三已之，無慍色。」

　　〈西江月〉「莫歎平齊落落」意出於《後漢書‧耿弇傳》中之「常以為落落難全」。「且應去魯遲遲」句則出自《孟子》「孔子去魯，遲遲吾行」。

　　〈臨江仙〉「夜飲東坡醒復醉」詞中之「長恨此身非我有」，其意出於《莊子》「舜曰，吾身非吾有也，孰有之哉？」

〔註17〕語詳清李調元《雨村詞話》卷一。
〔註18〕語詳王奕清等撰《御選歷代詩餘》卷一百十五詞話。
〔註19〕語詳宋胡仔《苕溪漁隱叢話後集》卷三十九。
〔註20〕語詳清馮伯《詞苑萃論》卷二十一引《高齋詩話》。

　　〈水調歌頭〉「安石在東海」一詞，其中「安石在東海，……絲竹緩離愁」句出於《晉書》之〈謝安傳〉及〈王羲之傳〉；「雅志困軒冕」，意出於《莊子》；「一任劉玄德，相對臥高樓」句，則出於《三國志》陳元龍之事蹟。「遺恨寄滄洲」，化於杜甫詩「辜負滄洲願」。

　　〈念奴嬌・中秋〉詞云「舉杯邀月，對影成三客」，語化自李白詩〈月下獨酌〉「舉杯邀明月，對影成三人」。

　　〈浣溪沙〉「山下蘭芽短浸溪」一詞，其中「休將白髮唱黃雞」，意出於白居易醉歌云「誰道使君不解歌，聽唱黃雞與白日，黃雞催曉丑時鳴，白日催年酉時沒」。

　　此外如〈浣溪沙〉「門外東風雪灑裙」一詞中，使用了許多史藉之文字語彙，〈行香子〉「三入承明」一詞，幾乎全篇使用前人文字，〈浣溪沙〉「桃李溪邊駐畫輪」中也幾乎全以唐人詩句入詞。在東坡詞中，此類情形相當多見，使詞的語彙擴大，且具有屈伸變化。

（二）檃括前人詩文成詞

　　如〈醉翁操〉「琅然，清圓」一詞，乃是檃括自道人崔閑之醉翁操琴曲而成。〈哨遍〉「為米折腰」乃檃括陶潛〈歸去來辭〉而成。〈水調歌頭〉「呢呢女兒語」一詞，則檃括韓愈之琴詩而成。〈浣溪沙〉「西塞山邊白鷺飛」一詞，檃括玄真子〈漁父詞〉而成。〈無愁可解〉「光景百年」則出自國工花日新之「越調解愁」。這些作品均有所本，非但無損於原作之精神，反而能自然入妙。《本事紀》對蘇軾此舉頗為讚賞。其云：

> 東坡檃括〈歸去來辭〉，山谷檃括〈醉翁亭記〉，兩人
> 固是詞家好手。

但清人賀裳則對檃括一事不表贊同，其於《皺水軒詞筌》中批評道：

> 東坡檃括〈歸去來辭〉，山谷檃括〈醉翁亭記〉，皆墮惡趣。

二人看法迥異，但蘇軾〈哨遍〉一詞，一氣呵成，固是佳作；其他檃括之作品亦流利俊爽。

（三）以經典或前人故事入詞

如〈水龍吟〉「古來雲海茫茫」一詞，乃是據謝自然求道成仙的故事，及李白之〈大鵬賦〉融化成詞，充滿浪漫仙思。〈戚氏〉「玉龜山」一詞，則據《山海經》中穆天子與西王母的故事而成，亦覺仙氣飄飄。〈水龍吟〉「小溝東接長江」一詞，則結合了《神仙傳》、《山海經》、《博異志》、《後漢書》中的神話故事而成。〈洞仙歌〉「冰肌玉骨」則以蜀主孟昶與花蕊夫人的故事為本。

（四）以他人話語入詞

蘇軾一生交友無數，人生經歷也非常豐富，本身的遭遇有利於提昇他的人生境界與思想，而有時友人一些不論是有心或無意的話語，也能帶給他一些啓發與影響。有時蘇軾便把這些話語寫入詞中。如〈定風波〉「常羨人間琢玉郎」一詞，其中云「試問嶺南應不好，卻道此心安處是吾鄉」二句，乃是其友王定國之歌妓柔奴所云（註21）。又〈減字木蘭花〉「春庭月午」一詞，其中云「不是秋光，只與離人照斷腸」句，乃是出自其夫人王夫人之口（註22）。似此之作品雖較不多見，亦可看出蘇軾隨時留心生活，故其創作資源極廣。

以上四者固是蘇軾塡詞技巧之佳處，且為一大革新之處。但因蘇軾之創作材料太多，故有時不免會有逞才使氣之失，以炫耀其才學及文學技巧。如其詞中有數首集句詞及迴文詞（註23），且迴文詞之寫

〔註21〕〈定風波〉小序云：王定國歌兒曰柔奴，姓宇文氏，眉目娟麗，善應對，家世住京師，定國南遷歸，余問柔「廣南風土，應是不好」，柔對曰：「此心安處，便是吾鄉」。因爲綴詞云。

〔註22〕宋趙德麟《候鯖錄》云：元祐七年正月，東坡在汝陰州，堂前梅花大開，月色鮮霽，王夫人曰「春月色勝如秋月色，秋月令人悽慘，春月令人和悦，何如召趙德麟輩來，飲此花下」，先生大喜曰「吾不知子亦能詩耶，此眞詩家語耳」，遂召德麟飲，因此作此詞。

〔註23〕調用〈南鄉子〉集句詞有三首。每一句均取自不同詩人之詩句。調用〈蝶戀花〉回文詞有八首。集句詞如「何處倚闌干（杜牧）。絃管高樓月正圓（杜牧）。胡蝶夢中家萬里（崔塗），依然，老去愁來強自寬（杜甫）。明鏡借紅顏（李商隱）。須著人間比夢間（韓愈）。蠟燭

作甚至始自東坡詞〔註 24〕，雖然由集句詞中可以看出蘇軾才學之富，及融合的功力，而由迴文詞中更可以表現其巧思；然就詞的本質而言，殊無深義，更乏眞情實性，故乃東坡詞中較無價值的作品。此外〈減字木蘭花〉「鄭莊好客」一詞，共有八句，以「鄭容落籍，高瑩從良」八字嵌入每句句首〔註 25〕，雖然亦具巧思，然亦與其集句詞，迴文詞一般，只是文字遊戲罷了。

十三、賦情於自然萬物

　　蘇軾爲一多情人，故其眼中萬物無一不有情，因而其常移情於自然萬物，以表達其心中之深厚感情。自然萬物本無知覺，經其賦情，全部靈活動人了起來。如〈八聲甘州〉之「有情風萬里捲潮來，無情送潮歸。問錢塘江上，西興浦口，幾度斜暉。不用思量今古，俯仰昔人非。」數句中，風、江水、浦口、斜陽均化爲有情之物，懂得感慨，惜別，實際上是蘇軾個人的情緒發洩，而自然界萬物則成爲代言之人。〈木蘭花令〉「霜餘已失長淮闊」一詞中，其云「與余同是識翁人，惟有西湖波底月。」借西湖波底之明月，傳達其思念歐陽修之心情。〈滿庭芳〉「歸去來兮，吾歸何處」一詞中，其云「好在堂前細柳，應念我，莫翦柔柯」，則借柳樹抒發其不捨離開黃州之情。〈虞美人〉「波聲拍枕長淮曉」一詞中，其云「無情流水自東流，只載一船離恨向西州」，水本無思想、無感情，只因人心中充滿離恨，故覺水無情。

半籠金翡翠（李商隱），更闌，繡被焚香獨自眠（李商隱）。
回文詞如「落花閒院春衫薄，薄衫春院閒花落。遲日恨依依，依依恨日遲。　夢回鶯舌弄，弄舌鶯回夢，郵便問人羞，羞人問便郵。」
〔註 24〕清鄒祇謨《遠志齋詞衷》云：詞有隱括體，有迴文體。迴文之就句迴者，自東坡晦菴始也。
〔註 25〕〈減字木蘭花〉詞小題云：贈潤守徐仲塗，且以鄭容落籍，高瑩從良爲句首。按《東皋雜錄》云：東坡自錢塘被召，過京口，林子中作郡守，有宴會，座中營妓出牒，鄭容求落籍，高瑩求從良，子中命呈牒東坡。坡索筆題爲減字木蘭花於牒後云云，暗用鄭容落籍，高瑩從良八字於句端也。

〈鷓鴣天〉「林斷山明竹隱牆」，一詞中，其云「殷勤昨夜三更雨，又得浮生一日涼」，以擬人手法、詩人之筆寫雨，使雨似知人之情性，迎合人心，實則是人心中平靜，便覺萬物詳和舒適。此外〈漁家傲〉「皎皎河漢牽牛女」一詞中，其云「明月多情來照戶，但攬取，清光長送人歸去」，又「送客歸來鐙火盡」一詞之「江水似知孤客恨，南風為解佳人慍」，均是賦物於情，以物言情的表現。而這種賦物移情的手法，有時與擬人化的手法是同時存在的。如此借物言情，使情致更覺深長。

十四、設想情境以反襯其情

蘇軾一生流離，與兄弟、朋友均聚少離多，故而離愁、別恨、相思與之常相隨，故其詞中有時便藉由設想之情境，故意說成是對方的心態、情境，而後反射至其己身上。如〈水龍吟〉「小舟橫截春江」一詞中，其云「料多情夢裏，端來見我，也參差是」。分明是蘇軾希望能於夢中見到好友，卻說是其友專誠至夢中與他相會，故夢成為多情夢，正見其思情之深。又〈永遇樂〉「長憶別時」一詞中，其云「此時看廻廊曉月，也應暗記」，則是見月思友，料想好友與其相同，正在欣賞廻廊曉月，必思及往日與其相聚的時光。此外〈蝶戀花〉「簌簌無風花自墮」一詞中，其云「我思君處君思我」，亦是設想情境的表現。而所謂的設想情境，便是「以己度人」，以自己的心境揣度猜測對方，而以「想當然耳」的結果入詞，雖是一廂情願的，卻愈覺其情之深刻感人。

第三節　結　語

蘇軾從事創作，雖然要求直抒胸臆，不假雕琢，然而東坡詞中許多佳作，一字一句都經過鍛鍊，反璞歸真，以至真正的自然化工，所以看似平淡、淺顯，實際上是深刻而又雋永的。此為其文學技巧上的最高表現，也是其文學思想上的高度要求。東坡詞中的名作幾乎包括

了數種技巧於同一詞中，而其文思縱橫，才情洋溢，創造豐沛的文學
生命，使其詞不僅具有骨架，更有血肉。詞家每以東坡詞的以詩爲詞，
不合音律爲病，以爲東坡詞破壞了詞的音樂性，似乎將會斷絕了詞的
發展生命！然而，詞自發展之初，一直爲音樂的附庸，內容亦過於貧
乏薄弱，生命力本來就不夠堅強！況且音樂的失傳或不再流行，是隨
人們的喜好與否，時代的改變，而必定會導致的結果，否則元曲也不
會代宋詞而成爲時代文學的主流。因此，一旦人們不再唱詞，依附格
律音樂而存在的詞，自然將遭到淘汰。軾以詩爲詞，擴大詞的內容，
提高詞格，使詞成爲純文藝的文人詞，擺脫了音樂束縛，完全以直抒
懷抱爲主，而形式上，除了少數詞作外，大致仍遵守平仄格律，故直
至今日，仍可由詞譜、詞律一類的書籍，配合其詞作，明白其格律節
奏，對於詞的發展史而言，以詩爲詞實具有偉大的意義，不只是技巧
上的創新而已。由以詩爲詞到擴大語彙，更是前無古人的成就。東坡
詞中使用之語言多樣，雅俗兼具，不論是用典或取撼他人文句，均融
化無迹。且其以詩爲詞，更是以文爲詞的先鋒，爲後代辛棄疾諸人開
闢了一條新生的路子！

　　使詞跳開曲子詞的格局，而至於文人詞的境界，除了以詩爲詞一
途外，爲詞加上小題小序，也是相當重要的原因。夏承燾《東坡樂府
箋》序云：

　　　　荊公、子野始稍具詞題，然寂寥短語，引意而止。坡
　　之〈西江月〉、〈滿江紅〉、〈定風波〉皆系詳序。〈水龍吟〉
　　一章，尤斐然長言，自成體製，效之者稼軒（辛棄疾）、明
　　秀（蔡松年）、遺山（元好問）、秋澗（王惲）、蘋洲（周密），
　　皆二百餘字，方是間之〈哨遍〉、明秀之〈雨中花〉，皆逾
　　三百字，白石且以四百數十字序徵招。詩人製題之風，浸
　　淫其詞，撢其朔亦必及坡。

　　爲詞加題作序，並非始自蘇軾，但蔚爲風尙，影響其他詞人，則
確非蘇軾莫屬。在此之前，詞乃依詞調、音樂、格律及塡詞場合等條

件而立意，故內容貧乏而重覆，只是詞牌的代言體罷了，沒有真正的性格與靈魂，再高的成就也不過是富艷精工，風姿綽約！蘇軾為詞加題作序，則可暢敘其思想、情感，先為詞立下了一題旨，再依此題旨「所涉及的時間空間，或為就題演繹，或為借題發揮，將詞的抒寫，進而與言志永言的詩，對等其作用。」〔註26〕由此而可吟詠情性，紓解懷抱，不受詞格所局限，進而推至文人詞的高峰。

　　小序小題雖非創作技巧，但對推尊詞體，延續詞的生命力，與「以詩為詞」有相等的重要性。除了上述的技巧之外，蘇軾有時也善於模擬自然萬物的聲音，如「琅然、清圓」，乃模擬琴聲，「船鼓已逢逢」（〈滿庭芳〉）中「逢逢」二字，則為擊鼓聲。而在絕大部分長調中，以鋪敘手法，寫其情、其理，直接而深刻，而不覺俚俗，反有質樸之美。此外虛實相應，風格的開創相互配合下，形成東坡詞中完整的個人形象，並達到純文學的最高表現，從而建立其在詞壇上不朽的地位。

〔註26〕語見何敬群《宋詞概說》。

第六章　結　論

第一節　蘇軾對詞的最大貢獻——改革與創新

　　詞以侑觴行樂為主，文士藉娛賓遣興為名，寫其風月情思，甚或帶有猥褻聯想的女子服飾。唐末五代間，溫庭筠，韋莊以下的花間詞人，無不如此，只知模仿溫、韋詞的皮相，而無溫、韋詞中含蓄曲折的情致！除了艷情膩語，鮮有新內容、新風格。當時與花間詞人在詞壇上分庭抗禮的南唐詞人，其中尤以南唐二主最為出色。南唐二主在詞中寫其身世遭遇，傳達其故國之思，人生無常之歎，身世感與時代感相融為一，表現了深沉的傷痛，雖然其風格亦是婉約，但與花間詞人的輕薄艷麗不同。尤其是後主之詞，寫來血淚斑斑，使人讀後為之動容。二主之詞對詞的內容與境界已稍有擴大與提昇，但是在當時並未形成風氣，詞壇風氣仍以花間為主導。

　　南唐詞人除了二主較具詞名外，另以馮延巳最為有名，然其詞與二主迥異，而宗溫、韋，亦作艷情膩語，風格綺麗，足見花間的影響力之廣與大！北宋初詞壇承五代遺緒，以馮延巳為宗，無人繼南唐二主所擴大的詞境再作發揮。但此時詞人，如晏殊、歐陽修等，先後為政壇上與文壇上的領導人物，其詞之內容與境界，雖無太大的的開拓，但與花間詞人不太相同！晏、歐諸人正處於北宋太平之世，又位

極尊榮，故除了寫男女私情外，更透過男女私情表現其個人因生活遭遇而得的體驗，及領悟到的生命感！因此或即景抒情，或感時傷懷，或歎生命短促，少見艷語華辭，而代以清麗的文字，含蓄表達這些情緒，故而顯得典雅雍容。雖然同是寫情的作品，晏、歐諸人的詞，較花間詞人來得有深度。

自花間詞人至晏、歐諸人，詞境雖略有提昇，但進境有限。而自晚唐五代至北宋初年之詞作，雖然間亦有長調，但大致以小令、中調為主，體製尚未完備，至張先、柳永出，大量創新聲，兼製長調，詞的體製才漸趨於完備！柳永更以口語、直筆鋪敍情事，組織較為複雜的內容，使長調與抒情寫景能緊密契合，發揮得淋漓盡致！至此，詞的發展，方可謂已至成熟階段，所不足的便是內容的再擴大，與氣格的提高。因詞發展至此仍不脫「艷科」、「柔媚」的樊籬，雖然形式完整，體製完備，但因其側艷、浮華，使詞漸低俗不堪，繼續發展之力稍嫌薄弱，蘇軾適於此時出現詞壇，開創了文人詞，使詞邁入了新的階段，有新的發展生命。縱觀北宋詞壇的發展歷程，由晏、歐至蘇軾，可以吳梅《詞學通論》中所述作一概括說明，其第七章〈概論二‧兩宋云〉：

> 大抵開國之初，沿五季之舊，才力所詣，組織較工，
> 晏歐為一大宗：二主一馮，實資取法，顧未能脫其範圍
> 也。……柳永失意無聊，專事綺語；張先流連歌酒，不乏
> 艷辭！惟託體之高，柳不如張，蓋子野為古今一大轉移也
> 〔註1〕。前此為晏歐，為溫韋，體段雖具，聲色未開；後此
> 為蘇辛，為姜張，發揚蹈厲，壁壘一變，而介乎其間者，
> 獨有子野，非如耆卿專工鋪敍，以一二語見長也。迨蘇軾

〔註1〕吳梅《詞學通論》第七章云：「子野晏歐之局，下開蘇秦之先，在北宋諸家中適得其平。有含蓄處，亦有發越處，但含蓄不似溫韋，發越亦不似豪蘇膩柳。規模既正，氣格亦古，非諸家所及。」蓋吳氏視張先之詞為過渡時期之佳作頗合事實，但以蘇、柳諸人均不及之，角度過於片面，對張先之詞似乎溢美了

則得其大。

　　吳梅深不以柳永詞之俚俗浮艷爲然，文中對張先較爲鍾情。張先對長調、新聲的創製功不可沒，但柳詞風行的程度，恐怕才是使長調廣爲流傳的原因，因此二人的成就，方向不同，不須偏廢。詞之本質輕靈小巧，清新雋永，能由其中見拙重與廣大，則爲佳作；東坡詞以馳騁胸臆爲主，極力於開拓詞境，故其小中見大，巧中見拙的境界，實爲北宋第一。

　　蘇軾對詞的貢獻居功厥偉，可歸結到一句話上——改革與創新，使詞的發展因此而更前進，更長久。創新本爲蘇軾對文學創作的一大要求，故其在詞上的創新，是其對自己的文學理論所作的具體實踐！創新時不免對原有規律有些改革甚至破壞，二者是相生共存的！而蘇軾之所以有如此成就，究其原因，乃是天才、學力、時代環境，詞本身的發展趨勢等因素結合而致！蘇軾得天獨厚，有高出常人的天賦、才情，以及超逸絕倫的性格懷抱；其自幼時承其父母之教，博覽群籍，深具儒家現實主義的文學思想，重經世致用，談論治亂，也因此深具愛民思想、人道主義，及忠君愛國之理。如其農村詞〈浣溪沙〉五首，表面看來，乃生動描繪農村生活，農民面貌，農村景象；然依其小序云「徐門石潭謝雨，道上作五首」，原來其任徐州太守時，適逢大旱，經其多次祝告求雨，終降甘霖，故於石潭謝雨，卻以白描手法寫農村景況，寓其愛民憂民之心於平淡之筆調中。而〈水調歌頭〉「明月幾時有」、〈西江月〉「世事一場大夢」、〈念奴嬌·赤壁懷古〉諸名作中，則表達深刻的忠君愛國之思，也表現了手足的倫理親情。此外〈江城子〉「老夫聊發少年狂」、〈陽關曲〉「受降城下紫髯郎」諸作，則表現了強烈的民族抗爭之思，似此均深得自儒家思想。儒家思想外，其亦好《莊子》及佛理。其通判杭州之時，對佛家思想即已有相當認識，與僧惠勤等諸人相遊，得之啓發頗多，及貶至黃州後，對佛理鑽研更精；宦海浮沉，人情冷暖的體驗，使其學問、思想更爲廣博，並修正了其早年對佛理的

錯誤觀念〔註2〕。而《莊子》除了提昇其思想境界之外，對其創作技巧及作品風格均有重大影響，其文學理論中主張風格多樣、風格豪宕等，均取自於《莊子》中之觀念；其詞中深具理趣，平易與警策相融合，形成機趣橫生的面貌，亦是其對前代典籍精心研究，融會貫通的結果。如〈滿庭芳〉「蝸角虛名」一詞議論精闢，〈水調歌頭〉「落日繡簾捲」，借景懷人，借景說理，配合無間，而俊爽流利。其由佛、道的清靜無爲，無爲而爲的思想中，看穿榮辱富貴，憂患生死，更在儒、道、佛三者之間，經其獨立的思考與選擇，使三者能相反相輔而相爲用，對宇宙人生作一全面的觀察，發展成爲其個人的思想哲學，達到「物我相忘，身心皆空」之境（《東坡前集》卷三十三〈黃州安國寺記〉）。其能在儒家思想的基礎下，有選擇的融合佛、道思想，借以圓通處世，因緣自適，故其一生雖大起大落，多有危難，均能泰然自若，自我解脫，故其詞中儘管常有消極的感歎，如云「人生如夢」（〈念奴嬌‧赤壁懷古〉、〈永遇樂〉「明月如霜」、〈西江月〉「世事一場大夢」皆然），看似無奈，其實更寓有積極報國，期待千秋萬世的抱負，故仍是進取而樂觀的。如此思想，與其豁達開朗的天性，開闊的器量相配合，除了使其在逆境中仍心安理得，人生境界不斷提昇外，更與其淵博學識相合成豐富的創作資源，隨時取擷，靈巧運用，毫無堆砌之感；並形成豪邁雄放的風格，傳達安貧樂賤，恬淡自適的態度，對現實的不滿，或是身世遭遇均只是暫時性的，在其人生歷程裏，從不遲滯，絕望，轉眼間便海闊天空，豪情萬丈，由此，則作品中非但表達出不以寵辱禍福爲意的概念，也呈現多貌的內容，決不限於男女艷情！同時其繼歐陽修之後，儼然成爲文壇宗主，不但具有頗大的影響力，且在詩、文、詞、書、

〔註2〕蘇軾少時以儒家爲宗，曾以爲佛老思想有礙政治進步、思想成熟，如〈議學校貢舉狀〉、〈大悲閣記〉中均對佛道思想有所詆譽。但後來則對之肯定，以爲儒、釋、道三者不謀而同，殊途同歸。如〈祭龍井鄉才文〉中即有此思想。

畫方面，均有卓著的表現，而代表當代！蘇轍《東坡先生墓誌銘》
云：

> 公之於文，得之於天。少與轍皆師先君，初好賈誼、
> 陸贄書，論古今治亂，不爲空言。既而讀《莊子》，喟然歎
> 息曰：「吾昔有見於中，口未能言，今見《莊子》，得吾心
> 矣！」乃出《中庸論》，其言微妙，皆古人所未喻。……既
> 而謫居於黃，杜門深居，馳騁翰墨，其文一變，如川之方
> 至，而轍瞠然不能及矣！

由轍言即可知蘇軾能於失意中求得解脫，縱情山水，悟理參禪，始終
保持愉快，進取的態度，故而能至談笑死生，履險如夷之境，如此心
境歷程，反映至其作品中，無怪乎其作品充滿個性與眞實。而宋代文
學以詞爲代表，故詞的形式、規律至蘇軾時，已相當完備，只是氣格
纖弱，詞之發展至此不得不求新求變，蘇軾適於此時寫詞，雖視其爲
餘事，但其以個人生命感，使命感爲之，極力突破詞的瓶頸，爲詞開
拓了一片新天地，充分展現了其藝術創作才能，而使其詞作有了空前
的成就。

　　蘇軾在詞作上的成就與貢獻，可以「改革與創新」一語概括之，
此亦爲綜合前面數章所論，而歸納出的結果，可以下列幾點歸結之：

一、擴大詞的內容

　　詞本只寫房帷艷情，宴席樂事，女子服飾及歌聲舞容，在華麗的
包裝下，儘管眩人眼目，但生命卻枯萎。蘇軾的獨創，首先便表現在
其大膽使用詩文題材入詞，衝破《花間》婉約柔靡的束縛，空前擴大
詞境，舉凡寫景、詠史、懷古、說理、及關心國防的政治熱情等，範
圍甚廣，且均出之以清新雅正的筆墨，形成空靈超妙，俊逸奔放的面
貌。尤其是其描寫農村生活與風光的農村詞，乃將其視線轉向了社
會，更表現了其於遊賞、描繪之外，對人民的關懷，及對社會現狀的
憂心，平淡的筆調，卻天趣獨到，又具有深厚的感情，及其生活體驗

的反映，對詞而言，如此的內容實是空前的！此外說理，談禪亦是未見於詞中的內容、蘇軾立意於此創新，一方面是其直抒胸臆，把生活週遭之事均記錄於詞中；更重要的是其對於詞的發展危機所產生的自覺，故而努力擴大詞的內容，一反詩詞相異的論調，達到詩詞合流，且「無意不可入，無事不可言」的境界。

二、提高詞格

　　詞既以艷情為主要內容，故其流弊，即為詞人假婉約之名，極盡雕琢、淫巧之能事。其實詞以婉約為本色，只要具有真情實性，亦必有佳作，如李後主之作即然！但一味堆金疊玉，糾纏於男女私情，傷春悲秋之中，氣格難免卑弱，尤其詞至柳永，大膽描寫秦樓楚館中的風流韻事，深為人所詬病，但卻能因通俗之故而廣為流行，故蘇軾一出，便在擴大詞之內容外，更極力提高詞格，而其詞中之取材，與其表達的感情，正好促使其改變原有的纖弱風格，而以豪放風格表現，以改革詞自五代以來即氣格卑弱的積弊，以其積極進取、豪邁俊爽之筆來寫詞，詞中故見恢宏大度，澎湃磅礴、清新高遠之氣，其詞有超拔、有俊逸、有豪邁的風格，也有輕靈頑艷、纏綿悱惻、典麗柔美的風格，深具包容性，內涵因此更見豐富，使詞有一番新氣象。而其開豪放派之先河，不僅具有開創之功，更具改善詞風，延續詞之生命的功勞。

三、創作技巧的創新

　　東坡詞中小令、中調、長調之作均見。蘇軾為詞，全為傳達其思想感情，不論選用那類詞調皆然，信手寫來，看似平淡，實際上卻是鎔鑄了許多技巧，尤其是「以詩為詞」一事，更是其技巧上的一大革新。詞本依格律音樂而為，難免限制才思，蘇軾大量使用詩文的題材於詞中，不可避免的會突破一些音樂上的束縛，而以寫詩方法寫詞，或摘他人句入詞。然而在詩詞合流的趨勢下，仍注意到保留詞的韻

味，與氣勢雄渾的豪放詞風相配合，對詞產生極大的推進作用；刻意
而為的不合樂，也是其寧可拗盡天下人嗓子，也不願破壞詞之文學生
命的表現，決非不明音律如此單純的理由可以批駁的。農村詞以白描
手法鋪敘，人物活動如在目前，蟲魚鳥獸相互出現，桑樹、麻葉、古
柳、棗花等植物，與深紅、白色、蒨羅裙、豆黃、綠暗等顏色點染畫
面，而童叟呼聲，絡絲娘唧唧聲等迴響其間，生氣盎然，文字技巧平
淡無奇，卻有太多鍛鍊功力溶於其中。而〈哨遍〉、〈無愁可解〉等以
類似散文之筆法填詞，更具啟發南宋愛國詞人之功。

　　語言上有相當多的創新，廣泛取用典籍、史傳、小說，也使詞的
色澤由鮮艷華麗，代之以清縱雄放，平淡自然，句式變化也因此顯得
多采多姿。此外虛實相應，賓主相合，用事翻陳出新，善於概括，捕
捉形象而無贅語，及自度曲的形式創造，均為其個人才情的極致發
揮，而不為音樂格律所限，充分配合其所謂「出新意於法度之中，寄
妙理於豪放之外」的理論，在不離詞的傳統優點及創作原理下，自出
新意，而有更好的成果，此亦為其能於北宋詞壇獨樹一格之因。《詞
林紀事》卷五引樓敬思語云：

　　　　東坡老人故自靈氣仙才，所作小詞，沖口而出，而無
　　窮清新，不獨以寓人句法，能一洗綺羅香澤之態。

足見蘇軾的每一技巧創新，均使詞有了新貌。如此技巧雖然少了含
蓄之美，但蘇軾並非全然不重含蓄的表達，如〈卜算子〉詠鴻中所
表現的意念，便是極含蓄的，故其並非偏執於某一點，而是注重詞
中整體的表現，不論直接或含蓄，均在其多重技巧的融合下，作最
恰當的呈現。

四、開朗而正確的人生觀

　　以上三點所述，均是外在客觀條件的革新，此外尚有內在主觀意
識的改變。詞一向柔艷，並沒有什麼人生境界的表現，晏歐之詞雖較
有深度，但亦只有感時傷懷，仍嫌狹隘！蘇軾本性極瀟灑達觀，雖一

生並不順遂，但堅持在作品中表現積極進取、豁然開朗的人生觀，人生理念通透圓融，以之入詞，詞已不再只是單調的歌曲。但開朗如蘇軾，有時也不免在詞中隱藏了因政治失意，半生流離而導致的消極避世思想，兩種矛盾的思想並存於作品中，非但不覺突兀，而且終能以入世積極自許，不會沉淪在失意自苦的怨艾中，如此思想詞中少見。也因其以入世自許，因此其詞不會陷溺於艷情，而會在詞中傳達其熱愛山河，忠義之志，憂國憂民之心，重視倫理親情，且又平易近人等人道主義思想，積極關懷社會、政治，爲君盡心，爲民謀福，對友人眞誠，對妻子、兄弟深情不移。在詞中反映出這些思想，加上其開朗的人生觀，均是其提昇詞至文人詞的最佳憑藉！足見不論外在、內在，蘇軾對詞作了一番徹頭徹尾的革新。

　　蘇軾由改革與創新中，使詞由音樂的附庸，邁向文人詞的階段，開創純文藝詞的先聲，而其以眞情實性來寫詞，因時、地不同而有不同呈現，故其詞中不僅有鮮明的自我形象，且每一詞有每一詞的聲情面貌，涵蓋領域極廣；而爲詞命題作序，使詞意明顯，感動力益強，作者的性情與文學生命合爲一體，筆致超拔，極具泱泱大風，在當時眞可謂「掩盡眾製而盡妙」，爲詞的發展史寫下新頁。雖然這些革新，並未受到當代詞壇的肯定，如嚴沆《古今詞話序》云：

　　　　子瞻專主雄渾，或失之肆。……論詞於北宋，當以美
　　成爲最醇。

嚴沆即以周邦彥詞爲北宋詞宗，對蘇軾之作頗有微詞。但因蘇軾居文壇宗主之位，已引起相當大的震撼，同時也奠定了南宋辛棄疾諸人之豪放詞派，與姜夔、吳文英諸人的格律詞派分庭抗禮的局面。南宋詞人劉辰翁於《辛稼軒詞序》云：

　　　　詞至東坡，傾蕩磊落，如詩如文，天地奇觀。

乃高度評價東坡詞。故東坡詞雖不受重於當代，對後代詞壇卻造成相當大的影響。

　　蘇軾爲詞，自是一代巨手，但必須提出來的是，東坡詞中有千古

佳作，但亦有不入流的劣作，且亦多艷情淫語，如：

〈雨中花慢〉「嫩臉羞蛾」中云「長記當初，乍諧雲雨，便學鸞凰」。語意淫薄。

〈臨江仙〉「昨夜渡江何處宿」中之「雲雨未成還散，思量好事難諧」。〈謁金門〉「秋池閣」中云「一片懶心雙懶腳，好教閒處著」，雖爲口語，但俚俗太過，反成嬉鬧。

除此外，尚有許多閨情詞，與溫韋、晏歐諸人無二，軟語呢噥，而無太高的境界。而其集句、迴文詞亦可視爲其詞作中之敗筆。此外如〈如夢令〉「水垢何曾相受」，說理太過，詞之韻味全失，亦爲其詞中較無成績處，然諸此缺失，無法掩蓋其詞於文學史上所發出的光輝。

第二節　東坡詞的革新對詞壇的影響

蘇軾繼歐陽修後，成爲北宋文壇領導人物，對其後文人之獎掖提拔不遺餘力。其視詞爲餘事，卻把詞推向一個高峰；雖其革新未受當代重視，而蘇軾有雍容大度，不強求其門人的作品，必與其作之風格、精神相同，而是放任個人的才情、思想發展，只要有佳作，便對之讚譽有加，廣爲宣揚，其器量，胸襟實非一般人可及！也因此其後有許多文人均因其提拔而享有盛名！如蘇門四學士之秦觀、黃庭堅、晁補之均然，但秦觀爲婉約詞的個中好手，風格與東坡詞全不相類，但蘇軾對其頗爲讚賞；至於黃庭堅、晁補之之詞作，雖有不少低俗的艷詞，但亦有一部分詞之體格近於東坡詞，清況周頤《蕙風詞話》云：

> 有宋熙豐間，詞學稱盛，蘇長公提倡，爲一代斗山；
> 黃山谷、秦少游、晁無咎皆長公之客也。山谷、無咎皆工
> 倚聲，體格於長公爲近。

黃、晁二人詞與蘇軾之作氣格相近，表現卻遠不及蘇軾，但「他們雖無東坡的氣魄與品格，卻深受著蘇詞那種開拓解放的影響」〔註3〕，

〔註3〕引自劉大杰《中國文學發展史》第十九章〈蘇軾與北宋詞人〉。

故二人之詞也稍具瀟灑的氣度。

北宋詞人中受蘇軾影響而詞風豪壯，最近東坡詞者，應推爲賀鑄，但其詞名遠不及秦觀、黃庭堅諸人。張耒《東山詞序》云：

> 方回（鑄字）樂府妙絕一世，盛麗如游金、張之堂，妖冶如攬嬙、施之袪，幽索如屈、宋，悲壯如蘇・李。

張耒對賀詞頗爲推崇，而賀詞中的豪壯之氣，確有逼近蘇軾之勢。此外王安石、毛滂之詞，風格亦與蘇軾相近，北宋末年，張元幹詞中表現的家國之感，悲壯雄放，爽朗駿發，與蘇軾極同。王灼《碧雞漫志》云：

> 晁無咎、黃魯直皆學東坡，得七八，黃晚年間於狹放，故有少疏蕩處。後來學東坡者，黃少蘊、蒲大受亦得之六七，其才力比晁黃劣；蘇在庭、石耆翁入東坡之門矣，短氣踞步，不能進也。

由王論便知蘇軾對詞之革新，未受到北宋詞壇的肯定，且學其詞者，又多成就不高，但是其造成的影響力，已形成一股暗流，至南宋即傾瀉而出。但東坡詞對南宋詞壇的影響，實應分爲南北二方，南方是以辛棄疾爲首的豪放派爲主，北方則是以元好問爲首的金源詞人。

一、南宋豪放派詞人

宋室南渡之後，半壁江山淪入金人之手，且金人還不斷想渡江南下，取宋室江山代之，是故時局動亂，民眾流離，面對國破家亡，江山淪陷的慘痛，原先沉迷於歌聲舞影、杯觥交錯的文人士大夫們，頓時驚醒！詞壇氣氛隨之一變，抒發念土懷舊，一心收復中原的感情與願望！使南宋初年之詞中充滿黍離之感〔註 4〕！但文人士大夫心中充滿悲觀，故詞中呈現了消沈、頹廢的哀情！倒是一般武將如岳飛、張孝祥、李綱等人之詞作，表現抗金殺敵、忠勇愛國的豪情壯志，則

〔註 4〕陶唐《宋代詞學及其代作家之評騭》云：黃昇的《花菴詞選》稱曾覿「詞多感慨，如金人捧露盤，憶秦娥等曲，悽然有黍離之感。」所以「黍離之感」可以說是南渡詞人所共同產生的情緒。

充滿英雄氣概與民族情感，愛國主義表達無遺。但因南宋高宗之偏安心態，以及奸相秦檜之誤國，使岳飛諸人壯志難伸，故其中也呈現抑鬱沉痛的感情。他們的詞作雖然不多，但對南宋豪放詞派的成熟，具有頗大的催化作用。南宋豪放派真正奠定於陸游，辛棄疾，辛詞尤然。

　　陸游與辛棄疾均為愛國主義作家，亦均曾從軍，親身參與揮軍北上的經歷，使其對收復失土，與南宋積弱不振的現象，感到痛心疾首。陸游之詩詞中均貫注其愛國熱誠，強烈反映其驅逐金人的雄心大志，以及壯志未酬，年華早衰的感慨。辛棄疾的作品亦貫注其愛國精神，豪邁勃鬱，實為使豪放詞派蔚為南宋詞壇主流的第一功臣。其於詞中反映矢志殺敵報國，收復中原的宏願，民族抗爭意識極熾烈；但其一生遭遇一如蘇軾，坎坷不得志，故又顯蒼涼悲壯。其繼承蘇軾的開創精神，更加以發揮，除了以詩為詞外，更以散文化句法寫詞，使詩、文、詞合流，描寫社會實況，大表議論，技巧運用更靈活，內容更見充實擴大，較東坡詞有更多突破，舉目之間，無不可用之題材，觸手所及，無不可描繪的情、事，同時更大量使用經典文字，因此時有掉書袋之病！其集合蘇軾之創新更作開展，才力亦雄大，成就自然超過蘇軾，但東坡詞中表現的是通透圓融的境界，而稼軒詞則充滿沉鬱悲涼，如其云「憑誰問廉頗老矣！尚能飯否？」（〈永遇樂〉）即充滿了末路英雄的悲歡，此因時代背景，與其遭遇之故，黃梨莊云：

　　　　辛稼軒當弱宋末造，負管樂之才，不能盡展其用，一
　　腔忠憤，無處發洩，……故其悲歌慷慨，抑鬱無聊之氣，
　　一寄之於其詞。（清徐釚《詞苑叢談》引）

因此，故東坡詞超曠飄逸，而稼軒詞豪壯悲憤。清陳廷焯《白雨齋詞話》中，對二詞之別，分析極為中肯，其云：

　　　　東坡心地光明磊落，忠愛根於性生，故詞極超曠，而
　　意極和平。稼軒有吞吐八荒之概，而機會不來，……故詞
　　極豪雄，而意極悲鬱。

　　稼軒因壯志不得伸展而鬱，故有時其詞中亦帶有消極之思，如〈摸

魚兒〉「更能消幾番風雨」一詞中，或抒壯懷，或述幽怨，沉鬱蒼涼與消極灰心之意並見詞中〔註5〕，如此境界，真是開徑獨行，前所未見。陸游及辛棄疾於詞中大倡愛國主義，並不能改變南宋偏安局面，而民族危機則更因在金人入侵之外，增加了遼、蒙古的入侵，更形嚴重。在如此背景下，繼辛而起的詞人，有許多亦發悲憤之情，幾乎有壓倒稼軒之勢，如劉過、陳亮、韓元吉等，激昂憤發之聲，令人振奮。但大部分的作品較顯粗豪，無稼軒詞的整體成就。至南宋末年，岳珂、戴復古、劉克莊、文天祥、劉辰翁諸人，與辛派作品一脈相承。劉克莊不僅在詞中寫出匡復失土的心願，還嚴厲批評當時政治的腐敗，社會的動亂，致力於詞的散文化、議論化，不受音樂格律的束縛，極力發揮辛派技巧。其他詞人或寫對故國的眷戀，或當時之社會現況，或表現豪壯之情，但大多數詞徒具叫囂，流於粗豪、率易，佳作極少，更遑論超越蘇、辛。

二、金源詞人

東坡詞頗盛行於金源，有「金源一代一坡仙」之說法，足見東坡詞在金源受歡迎的程度。金源詞人對東坡詞評價甚高，而金源詞人之數，據元好問《遺山樂府》所錄，共有三十六人，其中較佳者為吳激、蔡松年、趙可、黨懷英、王庭筠、趙秉文、高憲、元好問等人，吳激

〔註5〕辛棄疾〈摸魚兒〉云：更能消幾番風雨，匆匆，春又歸去。惜春長怕花開早，何況落紅無數。春且住。見說道，天涯芳草無歸路，怨春不語，算只有殷勤，畫簷蛛網，盡日惹飛絮。　長門事，準擬佳期又誤。蛾眉曾有人妒，千金縱買相如賦，脈脈此情誰訴。君莫舞，君不見，玉環飛燕皆塵土。閒愁最苦，休去倚危欄，斜陽正在，煙柳斷腸處。

繆鉞《詩詞散論》〈論辛稼軒詞〉評此詞云：此詞大旨，乃慨南宋國勢微弱，恐偏安之局難以長保，而傷己之不見用……。通篇皆用含蓄之筆，比興之法，雖傷國事，抒壯懷，而所藉以發抒者，如惜春之情，如落紅，如芳草，如畫簷蛛網，如男女幽怨，如斜陽煙柳，皆極美之意象。悲憤沈鬱之情，映以淒美之光，……既非僅豪壯之呼號，亦非只兒女怨慕。此稼軒獨創之境界，以前詞人所未有也。

與蔡松年，才譽並推，號爲「吳蔡體」，其他亦間有雄渾高妍、壯偉不羈者，皆以蘇軾爲宗〔註6〕，其中以元好問詞最富盛名，爲金源第一大家。王易《詞曲史・析派》第五云：

> 元好問……有《遺山新樂府》五卷，張炎謂其「深於用事，精於鍊句，風流蘊藉處不減周秦」。而遺山自序中則極推蘇、辛，且似羞比秦、晁、賀、晏。集中……多首，皆掃空凡響，逼近蘇、辛；……多首又婉麗雋永，不讓周、秦。觀其序所稱陳去非詞「謂之言外句，含咀之久，不傳之秘，隱然眉睫間」，可知其於審味、設色間，極所著意，信金源惟一大家也。

雖然元好問之詞，博得王易如此高的評價，但卻遠不如其三十首的《論詩絕句》來得有名。在詞的發展史上，金源詞人是較不受重視的。吳梅《詞學通論》云：

> 完顏一朝，立國淺陋，金宋分界，習尚不同。程學行於南，蘇學行於北，一時文物，亦未謂無人，惟前爲宋所掩，後爲元所壓，遂使豪俊無聞，學術未顯，識者惜之。

吳梅之說甚中金源詞人的發展實況。南宋之後，詞爲元曲所取代，已趨衰落，雖有王惲、張翥、趙孟頫等人具有詞名，但已遠不及宋代！明代詞更見沒落，直至清時，詞才又復興，其中以陳維崧爲首的陽羨派，祖蘇軾之豪放詞，壯柔俱妙，時見豪邁之氣，時人譽爲「清朝的蘇、辛」，曹貞吉與之齊名，亦宗蘇、辛，詞中常見雄渾之氣。此外孫枝蔚，尤侗、蔣士佺、陳維岱、萬澍等人，皆屬豪放詞人，但缺乏沉穩，故成就並不大，末流更粗獷叫囂。後常州派興起，折中陽羨派與浙西派（尚婉約）之優缺點〔註7〕，已無純熟的豪放

〔註6〕詳見王易《詞曲史・析派》第五224～229頁。（廣文本）
〔註7〕王易《詞曲史・振衰》第九云：中清以後，二派（指陽羨、浙西二詞派）漸爲人所詬病矣，蓋浙西末流爲委靡、爲堆砌；陽羨末流爲粗獷、爲叫囂。於是吳翊鳳《枚庵詞》以高朗稱，郭麐《浮眉樓詞》以清疏著，皆稍變二派之格。及武進張惠言起而革之，以立意爲本，

作品了！清末詞風極盛，萬種千端，各家不同，王鵬運、鄭文焯、朱彊村諸人，亦偶有壯語，極重東坡詞，對整理校刊宋元詞集，居功厥偉，但詞作已不復宋代盛況了！而且蘇軾的革新，至清代詞人中已不再見，只是在形式、用語上極力模仿，以期使之豪放，但因無蘇、辛之學識、性情作為輔助，才流於粗獷叫囂。東坡詞的內涵與精神，清人的發揮太少，此自因時代背景，及文體流變之故，然當日若非蘇軾使詞走向文人詞，恐怕不待宋亡，詞就衰落了。而軾大力從事文人詞的創作，使格律派詞人與之抗衡，一時間，詞壇二派俱努力求進，盛況空前，至清時詞之音樂早失，而詞能在清代文學，佔有一席之地，未始不是蘇軾文人詞的功勞，故在詞壇上，在文學史上，蘇軾均具有不可磨滅的地位。

以協律為末，一時和者景從，是為常州派。

參考書目

甲、蘇軾專題之屬

1. 蘇軾,《東坡樂府》(彊村叢書),廣文書局。
2. 蘇軾,《東坡詞》,毛晉汲古閣本。
3. 蘇軾,《東坡小詞》,海陽黃嘉惠本。
4. 蘇軾,《東坡樂府》(二卷),王鵬運四印齋刻元延祐本
5. 蘇軾,《蘇東坡全集》,世界書局。
6. 蘇軾,《東坡志林》,木鐸出版社。
7. 蘇軾,《經進東坡文集事略》,《四部叢刊》初編。
8. 蘇軾,《東坡題跋》,廣文書局。
9. 蘇軾,《東坡詩話》,《詩話叢刊》本。
10. 朋九萬,《烏臺詩案》,《叢書集成》本。
11. 陳秀明,《東坡詩話錄》,《叢書集成》本。
12. 蘇軾著、王文誥編註,《蘇文忠公詩編註集成》,學生書局。
13. 蘇軾著,王文誥、馮應榴合著,《蘇軾詩集》,學海出版社。
14. 龍榆生校箋,《東坡樂府箋》,華正書局。
15. 楊家駱主編,《東坡樂府》,世界書局。
16. 梁章冉纂,《東坡事類》,佩文書社。
17. 王宗稷,《東坡先生年譜》,蘇東坡全集。
18. 林語堂,《蘇東坡傳》,遠景出版社。
19. 李一冰,《蘇東坡新傳》,聯經出版社。

20. 石朝儀,《蘇軾評傳》,文史哲出版社。

21. 沈宗元,《東坡逸事》,廣文出版社。

22. 游信利,《蘇東坡的文學理論》,學生出版社。

23. 劉維崇,《蘇軾評傳》,黎明文化事業公司。

24. 凌琴如,《蘇軾思想探討》,中華書局。

25. 游國琛,《蘇東坡生平及其作品述評》,台灣商務印書館。

26. 蘇軾研究學會,《蘇軾研究論文集》,成都四川文藝社。

27. 顏中其,《蘇軾論文藝》,北京出版社。

28. 劉乃昌,《蘇軾文學論集》,濟南齊魯書社。

29. 徐中玉,《論蘇軾的創作經驗》,華東師範大學。

乙、詞集詩集箋注之屬

 1. 趙崇祚編,《花間集》,中華書局。

 2. 賀鑄,《東山詞》,彊村叢書本,

 3. 毛晉,《宋六十家詞》,台灣商務印書館。

 4. 不著編者,《唐五代詞》,詞學叢書本。

 5. 朱祖謀,《彊村叢書》,廣文書局。

 6. 成肇,《唐五代詞選》,台灣商務印書館。

 7. 朱祖謀編、唐圭璋校箋,《宋詞三百首箋注》,漢京文化事業公司。

 8. 唐圭璋,《全宋詞》,明倫出版社。

 9. 龍榆生,《唐宋名家詞選》,開明書店。

10. 龍沐勛,《東坡樂府箋講疏》,廣文書局。

11. 龍瑜,《唐宋名家詞選》,宏業書局。

12. 楊家駱主編,《詞學叢書》,世界書局。

13. 楊家駱主編,《全唐五代詞彙編》,世界書局。

14. 梁令嫻,《藝蘅館詞選》,中華書局。

15. 胡雲翼,《宋詞選》,明倫出版社。

16. 胡適,《詞選》,台灣商務印書館。

17. 鄭騫,《詞選》,華岡出版社。

18. 羅琪,《中國歷代詞選》,宏業書局。

19. 汪中,《新譯宋詞三百首》,三民書局。

20. 李勉,《詞曲概論及精選》,人文出版社。

21. 趙景深，《民族詞選注》，台灣商務印書館。

22. 盧元駿，《宋代民族精神詞選》，復興書局。

23. 沈英名，《宋詞辨正》，正中書局。

24. 陳滿銘，《東坡詞》，香港萬有圖書出版社。

25. 曹銘，《東坡詞編年校注及其研究》，華正書局。

26. 鄭向恆，《東坡樂府校訂箋注》，學藝出版社。

27. 曹樹銘校編，《蘇東坡詞》，台灣商務印書館。

28. 夏敬觀等，《李太白研究》，里仁書局。

29. 仇兆鰲注，《杜詩詳注》，漢京文化事業公司。

30. 白居易，《白香山詩集》，世界書局。

31. 陶潛，《陶淵明全集》，里仁書局。

32. 蘇軾，《蘇東坡和陶詩》，（與陶淵明詩同本）中庸出版社。

33. 溫謙山纂定，《和陶詩箋》，新文豐出版社。

34. 任二北，《敦煌曲校錄》，盤庚出版社。

丙、詞論詞話詩話及雜記之屬

1. 唐圭璋編，《詞話叢編》，廣文出版社。

2. 王灼，《碧雞漫志》，詞話叢編本。

3. 吳曾，《能改齋漫錄》，詞話叢編本。

4. 張炎，《詞源》，詞話叢編本。

5. 沈義文，《樂府指迷》，詞話叢編本。

6. 吳師道，《吳禮部詞話》，詞話叢編本。

7. 王世貞，《藝苑卮言》，詞話叢編本。

8. 俞彥，《爰園詞話》，詞話叢編本。

9. 楊慎，《詞品》，詞話叢編本。

10. 王又華，《古今詞論》，詞話叢編本。

11. 沈謙，《填詞雜說》，詞話叢編本。

12. 鄒祇謨，《遠志齋詞衷》，詞話叢編本。

13. 王士禎，《花草蒙拾》，詞話叢編本。

14. 賀裳，《皺水軒詞筌》，詞話叢編本。

15. 彭孫遹，《金粟詞話》，詞話叢編本。

16. 沈雄，《古今詞話》，詞話叢編本。

17. 王奕清，《歷代詩餘話》，詞話叢編本。

18. 李調元，《雨村詞話》，詞話叢編本。

19. 田同之，《西圃詞説》，詞話叢編本。

20. 許昂霄，《詞綜偶評》，詞話叢編本。

21. 周濟，《介存齋論詞雜著》，詞話叢編本。

22. 馮金伯，《詞苑萃編》，詞話叢編本。

23. 吳衡照，《連子居詞話》，詞話叢編本。

24. 宋翔鳳，《樂府餘論》，詞話叢編本。

25. 丁紹儀，《聽秋聲館詞話》，詞話叢編本。

26. 江順詒，《詞學集成》，詞話叢編本。

27. 馮煦，《蒿庵詞話》，詞話叢編本。

28. 陳廷焯，《白雨齋詞話》，詞話叢編本。

29. 沈祥龍，《論詞隨筆》，詞話叢編本。

30. 張德瀛，《詞徵》，詞話叢編本。

31. 陳銳，《袌碧齋詞話》，詞話叢編本。

32. 張祥齡，《詞論》，詞話叢編本。

33. 王國維，《人間詞話》，詞話叢編本。

34. 陳洵，《海綃翁説詞》，詞話叢編本。

35. 弘道公司編輯部，《詩話叢刊》，弘道文化事業有限公司。

36. 陳師道，《後山詩話》，詩話叢刊本。

37. 陸游，《渭南文集》，四部叢刊初編。

38. 趙翼，《甌北詩話》，廣文書局。

39. 蔡絛，《鐵圍山叢談》，續百川學海。

40. 彭乘，《墨客揮犀》，筆記小説大觀。

41. 胡仔，《苕溪魚隱叢話》，長安出版社。

42. 周紫芝，《竹坡詩話》，詩話叢刊本。

43. 俞文豹，《吹劍錄》，宋人劄記八種。

44. 曾季貍，《艇齋詩話》，廣文書局。

45. 陳元靚，《歲時廣記》，叢書集成。

46. 黃庭堅，《山谷題跋》，廣文書局。

47. 趙令畤，《侯鯖錄》，叢書集成。

48. 葉夢得，《避暑錄話》，台灣商務印書館。

49. 孟元老，《東京夢華錄》，世界書局。

50. 李之儀，《姑溪題跋》，廣文書局。

51. 張端義，《貴耳集》，木鐸出版社。

52. 王若虛，《滹南遺老集》，四部叢刊初編。

53. 元好問，《遺山先生文集》，四部叢刊初編。

54. 徐師曾，《文體明辨》，廣文書局。

55. 楊慎，《升菴詩話》，函海二十九函。

56. 劉熙載，《藝概》，金楓出版有限公司。

57. 張宗橚，《詞林紀事》，（歷代詩史長編）鼎文書局。

58. 王鵬運，《半塘老人遺稿》。

59. 況周頤，《蕙風詞話》，台灣商務印書館。

60. 錢泳，《履園譚詩》，履園叢話。

61. 徐釚，《詞苑叢談》，木鐸出版社。

62. 葛立方，《韻語陽秋》，叢書集成。

63. 方東樹，《昭味詹言》，廣文書局。

64. 彭孫遹，《詞藻》，廣文書局。

65. 丁傳靖編，《宋人軼事彙編》，上海商務印書館。

66. 夏敬觀輯，《彙輯宋人詞話》，廣文書局。

67. 王熙元，《歷代詞話敘錄》，中華書局。

丁、詞學論述之屬

1. 王奕清等奉敕撰，《詞譜》，聞汝賢縮印殿版本。

2. 萬澍，《詞律》，中華書局。

3. 戈載，《詞林正韻》，世界書局。

4. 聞汝賢，《詞牌彙釋》，作者自印。

5. 夏承燾，《唐宋詞論叢》，北京中華書局。

6. 陳匪石，《宋詞舉》，正中書局。

7. 夏敬觀，《詞調溯源》，台灣商務印書館。

8. 繆鉞，《詩詞散論》，開明書店。

9. 蔣伯潛，《詞曲》，世界書局。

10. 梁啓勳，《詞學》，香港匯文閣書店。

11. 黃勗吾，《詩詞曲叢談》，新加坡上海書店。

12. 胡雲翼等，《詞學研究四種》，信誼書局。

13. 胡雲翼，《詞學概論》，中國文學講座第二集。

14. 唐圭璋，《詞學論叢》，上海古籍出版社。

15. 劉永濟，《詞論》，源流出版社。

16. 鄭騫，《從詩到曲》，科學出版社。

17. 潘希真，《詞人之舟》，純文學出版社。

18. 陳滿銘，《蘇辛詞比較研究》，文津出版社。

19. 葉嘉瑩，《唐宋名家詞論集》，國文天地出版社。

20. 本社，《唐宋詞的風格學》，木鐸出版社。

21. 陶爾夫，《北宋詞壇》，山西人民出版社。

22. 華東師範大學中文系古典文學研究室編，《詞學研究論集》，華東師範大學。

23. 華東師範大學中文系古典文學研究室編，《詞學論稿》，華東師範大學。

24. 華東師範大學中文系古典文學研究室編，《詞學》，華東師範大學。

25. 龍榆生，《詞曲概論》，上海古籍社。

26. 詹安泰，《宋詞散論》，廣東人民出版社。

戊、史籍目錄通論之屬

1. 范曄，《後漢書》，藝文印書館。

2. 房玄齡等，《晉書》，中華書局。

3. 陳振孫，《直齋書錄解題》，中文出版社。

4. 托克托等，《宋史》，藝文印書館。

5. 紀昀等，《四庫全書總目提要》，台灣商務印書館。

6. 永瑢，《四庫全書簡明目錄》，河洛圖書出版社。

7. 王易，《詞曲史》，廣文書局。

8. 吳梅，《詞學通論》，台灣商務印書館。

9. 薛礪若，《宋詞通論》，開明書局。

10. 吳熊和，《唐宋詞通論》，浙江古籍社。

11. 劉大杰，《中國文學發展史》，香港古文書局。

12. 郭紹虞，《中國文學批評史》，上海商務印書館。

13. 龍沐勛，《中國韻文史》，樂天出版社。

14. 葉慶炳，《中國文學史》，學生書局。

15. 劉毓盤，《詞史》，盤庚出版社。

16. 本社，《中國詩詞演進史》，莊嚴出版社。

17. 陳鐘凡，《中國韻文通論》，中華書局。

18. 傅隸樸，《中國韻文概論》，中華文化出版事業委員會。

19. 梁容若，《中國文學研究》，三民書局。

20. 陳沅君，《中國文學史》，啟明書局。

21. 何寄澎、連秀華合譯，《中國文學史》，長安出版社。

22. 中國文學史研究委員會，《新編中國文學史》，復文書局。

23. 羅聯添，《中國文學史論文選輯》，學生書局。

24. 張健，《中國文學批評》，五南圖書出版社。

己、期刊論文

1. 江正誠，〈蘇軾之生平及其文學〉，台大，民國 61 年碩士論文。

2. 戴麗珠，〈蘇東坡與詩畫合一之研究〉，師大，民國 64 年碩士論文。

3. 張筱萍，〈兩宋詞論研究〉，師大，民國 64 年碩士論文。

4. 張垣鐸，〈蘇辛詞內容與風格比較研究〉，師大，民國 68 年碩士論文。

5. 李浚植，〈蘇辛豪放詞的形成及其成就研究〉，師大，民國 71 年碩士論文。

6. 王熙元，〈論婉約詞及豪放詞風的形成〉，《師大國文學報》第五期。

7. 龍沐勛，〈兩宋詞風轉變論〉，《詞學集刊》二卷一期。

8. 龍沐勛，〈東坡樂府餘論〉，《詞學集刊》二卷三期。

9. 王景鴻，〈蘇東坡著述版本考〉，《書目季刊》四卷三期。

10. 李雄，〈論詞的「婉約」與「豪放」及「正聲」與「別調」之爭〉，《反攻》146 期。

11. 李素，〈淺論蘇東坡的詞〉，《海瀾》十期。

12. 穗軒，〈文學詞的極峰-詞體的變〉，《海瀾》十四期。

13. 涂公遂，〈宋詞之音律與體製〉，《文學世界》三五期。

14. 金達凱，〈東坡詞研究〉，《文學世界》三五期。

15. 何敬群，〈宋詞概說〉，《文學世界》三六期。

16. 勞思光，〈宋詞之流變與歌唱〉，《文學世界》三六期。

17. 王韻生，〈宋詞之流變論〉，《文學世界》三六期。

18. 蘇雨，〈三蘇的文學思想〉，《建設》十二卷七期。

19. 黎淦林，〈東坡文學之分析研究〉，《文學世界》四五期。

20. 陶唐，〈宋代詞學及其代表作家之評騭〉，《政大學報》十一期。

21. 于大成，〈東坡詩詞中的自我表現〉，《中華文化復興月刊》四卷二期。

22. 徐信義，〈蘇東坡與辛稼軒的農村詞〉，《幼獅月刊》四卷期一期。

23. 西紀昭著、孫宜康譯，〈蘇軾初期的送別詞〉，《中外文學》七卷五期。

24. 陳宗敏，〈略論蘇辛詞之同與不同〉，《中華文化復興月刊》五卷五期。

25. 陳宗敏，〈蘇東坡的性格與人格〉，《中華文化復興月刊》六卷四期。

26. 陳宗敏，〈蘇東坡的文學評論〉，《中華文化復興月刊》七卷六期。

27. 林祖亮，〈蘇軾與北宋詞風〉，《自由談》三十卷五期。

28. 鄭向恆，〈東坡詞中的感情表現〉，《古典文學》二期。

29. 鄭騫，〈蘇東坡的陽關曲〉，《中華文化復興月刊》十卷四期。

30. 宋丘龍，〈蘇東坡評傳〉，《中華文化復興月刊》十三卷十期。

31. 方延豪，〈蘇東坡評傳〉，《中華文化復興月刊》十四卷一期。

32. 梁容若，〈蘇東坡評傳〉，《文壇》六五期。

33. 鮑霽，〈東坡喜愛陶詩的原因〉，《中國國學》十二期。

34. 鄭向恆，〈東坡的田園詞〉，《台肥月刊》二五卷九期。

35. 車柱環著、張泰源譯，〈東坡詞研究〉，《書目季刊》二二卷二期。

36. 李錦全，〈讀東坡詩詞記蘇軾的人生旨趣〉，《國文天地》四卷十一期。

37. 謝德瑩，〈蘇東坡之特色〉，《台北女師專學報》三期。

38. 謝德瑩，〈蘇東坡詞技巧〉，《台北北師專學報》五期。

39. 謝德瑩，〈蘇軾研究專集〉，《四川大學學報叢刊》第六輯。

40. 項楚，〈論《莊子》對蘇軾藝術思想的影響〉，《四川大學學報》三期。

41. 雷履平、羅煥章，〈蘇軾詞的風格〉，《社會科學研究》三期。